Diogenes Taschenbuch 22505

Georges Simenon

Der Witwer

Roman

Deutsch von Linde Birk

Diogenes

Titel der Originalausgabe:
›Le veuf‹

Eine erste deutsche Übersetzung
erschien 1968 unter demselben Titel.
Umschlagfoto: Polly Underground im
Crazy Horse Saloon, Paris

Neuübersetzung

100/92/43/1
ISBN 3 257 22505 9

ERSTER TEIL

Die eigenen vier Wände

1

Er ahnte es so wenig voraus wie etwa Reisende in einem Zug, die wenige Augenblicke vor dem Unglück noch im Speisewagen essen, sich unterhalten, lesen, vor sich hindösen oder die vorüberziehende Landschaft betrachten. Er ging weiter, ohne sich über diese Ferienstimmung zu wundern, die Paris von einem Tag auf den andern erfaßt hatte. War es zu dieser Jahreszeit nicht jedesmal das gleiche mit diesen drückend heißen Tagen, an denen einem die Kleider am Körper klebten?

Nachmittags um sechs lebte er noch sein gewissermaßen unschuldiges Leben, dessen besonderes Merkmal die Leere war. Was hätte er wohl geantwortet, wäre er überraschend gefragt worden, woran er eigentlich dachte, während er sich, die meisten Passanten um Haupteslänge überragend, mit weit ausholenden, langsamen Schritten durch die Straßen schleppte? Was hatte er denn gesehen auf dem ganzen Weg von der Rue François-Ier, wo er eine Stunde lang von einer Besprechung zur andern gegangen war und von Büro zu Büro, vom Faubourg Saint-Honoré, wo er einen Scheck abholte, weiter zur Druckerei an der Börse und von dort schließlich zur Porte Saint-Denis?

Da wäre ihm eine Antwort wohl schwergefallen. Sicher, da waren Touristenbusse gewesen, vor allem in der Gegend der Madeleine und der Oper. Er wußte das, weil jetzt eben Hochsaison war, aber keiner war ihm besonders aufgefallen, er hätte nicht einmal eine Farbe nennen können. Sie waren wohl blau, rot, gelb gewesen. Und auf den Gehsteigen waren Männer in kurzärmeligen Hemden mit offenem Kragen, ohne Krawatte und Jacke, und hier und da Amerikaner in weißen oder cremefarbenen Anzügen.

Er hatte nichts Genaues wahrgenommen. Vielmehr doch. In der Rue du 4 Septembre war er ein erstes Mal stehengeblieben, um sich den Schweiß abzuwischen, denn er schwitzte stark, er trug ja sommers wie winters denselben Anzug. Aus Diskretion, aus Schamgefühl hatte er dabei so getan, als sähe er sich ein Schaufenster an, es war zufällig das eines Hutmachers gewesen, und dabei war sein Blick auf einen Canotier gefallen, den einzigen inmitten all der anderen Hüte, der genau so war wie jener, den sein Vater damals in Roubaix trug, wenn er Sonntag vormittags mit seinen Kindern an der Hand spazierenging. Einen kurzen Augenblick hatte er sich gefragt, ob diese »Kreissägen« wohl wieder in Mode kämen, ob er diese dann mitmachen sollte und wie er mit einem solchen Hut auf dem Kopf wohl aussehen würde.

Ein zweites Mal war er an einer Ampel stehengeblieben und hatte dabei in der Schlange der im Schritt vorüberfahrenden Autos einen Mann mit den Augen verfolgt, der einen Handkarren mit einer großen Kiste schob, in der auch ein Klavier Platz gehabt hätte. Diese Vorstellung mit dem Klavier beschäftigte ihn ein paar Sekunden, dann sah er kopfschüttelnd einem äußerst knapp bekleideten jungen Mädchen nach, das allein in einem riesigen Kabrio vorüber fuhr.

Er hatte keine Verbindung zwischen diesen Bildern hergestellt und keinen Schluß gezogen. Mit Sicherheit hatte er auch Caféterrassen gesehen und im Vorübergehen jedesmal den Bierdunst wahrgenommen. Woran hätte er sich sonst noch erinnern können, selbst bei längerem Nachdenken? Es war fast so, als hätte er diese Momente gar nicht gelebt.

Und in seinem Stadtviertel, wo ihm die Umgebung noch viel vertrauter war, wo er alles ringsum für bekannt und endgültig hielt, hatte er praktisch gar nichts wahrgenommen.

Um seine Wohnung im zweiten Stockwerk eines am Boulevard Saint-Denis zwischen einer Brasserie und einem großen, auf Pendeluhren spezialisierten Juweliergeschäft gelegenen Hauses zu erreichen, hatte er die Wahl zwischen zwei Eingängen. Auf der Boulevardseite führte ein niederes Gewölbe, ein dunkler und feuchter Tunnel, der keinem Passanten auffiel, gleich neben der Brasserie in einen zwei auf drei Meter großen gepflasterten Hof, wo die Concierge hinter schmutzigen Fensterscheiben das ganze Jahr über das Licht an hatte.

Er konnte aber auch über die Rue Sainte-Apolline gehen und neben der Werkstatt des Packers einen Flur betreten, der schon eher einem richtigen Hauseingang glich.

Wäre er ein paar Monate später zum Beispiel vor dem Schwurgericht gefragt worden, hätte er selbst dann, wenn sein Leben davon abgehangen hätte, gezaudert, unter Eid auszusagen, welchen der beiden Wege er gewählt hatte.

Dazu würde es nicht kommen. Darum ging es gar nicht. Es spielte keine Rolle, welchen Weg er gewählt hatte, ebensowenig war es von Bedeutung, ob die Concierge in ihrem Loch saß oder nicht.

Die Treppe war dunkel. Einige Stufen knackten mehr als andere, er kannte sie. Er kannte diese tristen gelben Wände und die zwei braunen Türen im ersten Stockwerk seit eh und je. An der rechten Tür befand sich ein Emailschild: *Maître Gambier, Gerichtsvollzieher.* Hinter der linken hörte man Gelächter und Gesangsfetzen; er wußte, weil er diese Tür manchmal offen gesehen hatte, daß dort etwa zehn vielleicht fünfzehn- oder sechzehnjährige Mädchen künstliche Blumen herstellten.

Er stieg die Treppe genauso langsam und regelmäßig hinauf, wie er auf der Straße ging. Die Leute, die meinten, daß das bei ihm ein gewisses feierliches Gehabe sei, täuschten sich. Sein Gang hatte nichts mit seiner Korpulenz oder seinem Körpergewicht zu tun. Er hatte sich diese Art zu gehen als etwa Zwölfjähriger angewöhnt, als er es leid war, von seinen Kameraden als Hinkebein gehänselt zu werden.

»Warum lassen Sie ihn nicht Schuster werden?« hatte er einmal eine Nachbarin seine Mutter fragen hören. Klumpfüßige wurden meist Schuster.

Er war nicht eigentlich klumpfüßig. Das eine Bein

war von Geburt schwächer und ein wenig kürzer als das andere, und als Kind hatten ihm seine Eltern orthopädische Schuhe gekauft, wobei der eine Schuh Metallstützen hatte.

Ganz allein und ohne ein Wort zu sagen, hatte er sich einen gewissen Gang angewöhnt und konnte nach einigen Jahren Schuhe tragen, die wie gewöhnliche Schuhe aussahen. Er hinkte nicht mehr.

Daran dachte er an jenem Tag nicht. Er dachte auch sonst an nichts Besonderes. Er war nicht müde. Er war nicht durstig, obwohl er in keinem einzigen Café halt gemacht hatte.

Weder in der Rue François-Ier, bei *Art et Vie*, wo man seine Layouts akzeptiert hatte, noch bei den Gebrüdern Blumstein am Faubourg Saint-Honoré, wo er seinen Scheck kassierte, war etwas Unangenehmes vorgefallen. Und erst recht nicht in der Druckerei an der Börse, wo er in fast menschenleeren Werkstatträumen den Umbruch eines Werbeplakats fertiggestellt hatte.

Auf dem Treppenabsatz griff er nicht mechanisch nach dem Schlüssel, der an einer Kette in seiner Tasche steckte. Jeanne war ja zu Hause. Er drehte den Türknauf. An einem Luftzug erkannte er, daß mindestens ein Fenster offen war, was ihn aber auch nicht überraschte. Der Lärm vom Boulevard Saint-Denis verfing sich in den Räumen, die mit der niederen Decke einen guten Resonanzboden bildeten, und weil er daran gewöhnt war, störte es ihn nicht mehr. Er war unempfindlich für Geräusche. Auch für Luftzug. Und abends oder nachts bemerkte er auch die violette Neonbeleuchtung des Uhrenhändlers nicht mehr, die in regelmäßigen Abständen aufblitzte wie ein Leuchtturm.

Während er seine lederne Aktentasche und dann seinen Hut auf dem Zeichentisch ablegte, sagte er wie gewohnt:

»Ich bin's.«

Wahrscheinlich war dies der Augenblick, in dem alles angefangen hatte, jedenfalls für ihn. Er hätte jetzt vom Eßzimmer her, dessen Tür offenstand, das Geräusch eines Stühlerückens, Schritte, die Stimme Jeannes als Echo auf die seine hören müssen. Er wartete regungslos, überrascht, aber ohne sich zu beunruhigen.

»Bist du da?«

Selbst wenn sie sich in der Küche aufgehalten hätte, wären Geräusche zu hören gewesen, denn die Wohnung war, abgesehen von dem Hauptraum, den er als Werkstatt bezeichnete, winzig.

Er brachte später nicht mehr zusammen, was er in diesem Augenblick gedacht hatte. Er war schließlich auf die Tür zugegangen. Der Anblick des Eßzimmers hatte ihn unangenehm berührt. So wie seine Werkstatt, die ihm auch als Schlafraum diente, keine richtige Werkstatt war, war auch dieses Eßzimmer kein richtiges Eßzimmer.

Sicher, ihre Mahlzeiten nahmen sie hier ein, aber Jeannes eisernes Klappbett lehnte, mit einer alten roten Samttischdecke nur knapp verhüllt, an der Wand. In einer Ecke, neben dem Radio, stand eine Nähmaschine, und an manchen Tagen wurde auch noch das Bügelbrett aus dem Wandschrank geholt.

Er hätte jetzt zumindest eine Art von Unordnung vorfinden müssen, je nachdem, womit sich Jeanne an diesem Nachmittag beschäftigt hatte: entweder den abgenommenen Deckel der Nähmaschine, so daß man Stoffetzen oder Fäden sah oder irgendeine angefangene Arbeit auf dem Tisch, einen Kleiderschnitt aus braunem Papier, Zeitschriften oder vielleicht Erbsen zum Enthülsen.

Die Küche, winzig, mit einer runden Luke statt Fenster, war leer, und es standen weder Töpfe auf dem Gaskocher, noch war irgend etwas im Spülbecken oder auch nur ein Küchenmesser auf dem Tisch mit dem karierten Wachstuch.

Sie hatte ihm nichts gesagt. Sie war nicht im Badezimmer, das er vor sechs Jahren mit so großer Mühe in der ehemaligen Dunkelkammer eingerichtet hatte.

Er ging wieder in sein Zimmer, das heißt in die Werkstatt, zurück, hängte den Hut an seinen Platz hinter der Tür über den Regenmantel, den er schon seit drei Wochen nicht mehr gebraucht hatte.

Bevor er sich setzte, wischte er sich sorgfältig den Schweiß ab, wobei sein Blick über die Verdecke der Busse irrte, die einer hinter dem anderen eine fast kompakte Masse bildeten, dann über eine Menschentraube, die sich an der Ecke des Boulevards plötzlich auflöste und über die Kreuzung verteilte.

Er wußte ehrlich gesagt nicht, was er tun sollte. Mit ausgestreckten Beinen in seinem Ledersessel sitzend, starrte er auf die Wanduhr mit dem Messingpendel vor ihm, die halb sieben anzeigte. Unbewußt tastete seine Hand auf dem Tisch nach der Abendzeitung, die dort hätte liegen sollen, denn Jeanne ging gewöhnlich gegen fünf Uhr hinunter, um die Zeitung und das Nötige zum Abendessen zu kaufen.

Es war verwirrend. Noch nicht dramatisch oder beängstigend. Es war einfach ein unangenehmes Gefühl. Er war an Enttäuschungen nicht gewöhnt und ließ sich nicht gern in seiner Ruhe stören, auch nicht von Jeanne.

Er steckte eine Zigarette an. Er rauchte zehn Stück am Tag. Seine Kehle war empfindlich, und er achtete auf seine Gesundheit, allerdings ohne zu übertreiben.

Von Zeit zu Zeit zuckte er zusammen: die Geräusche, die in die Wohnung drangen, hörten sich anders an als sonst. Er hätte jetzt, während er diese Zigarette rauchte, die achte, die beiden letzten waren für nach dem Abendessen bestimmt, in seine Zeitung vertieft sein sollen. Was fehlte, waren die Schritte, das Hin und Her in der Küche, Jeannes Gestalt an der Tür, von wo sie ihn manchmal wortlos ansah.

Auch wenn sie nur wenig miteinander redeten, wußten doch beide in jedem Augenblick ganz genau, wo der andere sich in der Wohnung aufhielt und was er machte.

»Sie wird zu Mademoiselle Couvert hinaufgegangen sein!« sagte er sich schließlich erleichtert.

Wie dumm von ihm, daß er nicht schon früher daran gedacht hatte. Mademoiselle Couvert, die fünfundsechzig Jahre alt war und wegen ihrer Augen kaum noch die Wohnung verließ, wohnte genau über ihnen, und seit vier Jahren lebte ein Kind bei ihr, ein Waisenkind aus ihrer Familie, wenn Jeantet richtig verstanden hatte.

Er wußte nichts Genaueres über diesen Jungen, weil er, weniger aus Gleichgültigkeit als vielmehr aus Diskretion oder Schamgefühl, nur mit halbem Ohr zuhörte, wenn man ihm etwas erklärte.

Der Junge hieß Pierre, war zehn Jahre alt und bat oft um die Erlaubnis, herunterzukommen und bei Jeanne sitzen zu dürfen, um seine Hausaufgaben zu machen.

Bei anderen Gelegenheiten ging Jeanne hinauf, um dem alten Fräulein ein wenig zur Hand zu gehen, das wohl noch nähte, sich aber das Zuschneiden nicht mehr zutraute.

Es war ganz einfach. Er brauchte nur auf dem Eßtisch nachzusehen. Bestimmt hatte sie dort, wie immer in solchen Fällen, einen Zettel hinterlassen: »Bin bei Mademoiselle Couvert. Komme gleich zurück.«

Er war dessen so sicher, daß er zuerst seine Zigarette zu Ende rauchte, bevor er im Nebenzimmer nachsah. Es lag kein Zettel da. Er sah in dem eingebauten Kleiderschrank nach. Seine Frau besaß nicht so viele Kleider, daß es schwierig gewesen wäre, herauszubekommen, was sie an jenem Tag anhatte. Da sie außerdem ihre Kleider und Mäntel selber nähte, hatte er tagelang, manchmal sogar wochenlang den Stoff vor Augen, der langsam Gestalt annahm. Jedenfalls hatte sie sich nicht wirklich zum Ausgehen angezogen, für das, was sie einen Stadtgang nannte, denn ihre beiden guten Kleider hingen da, ebenso ihr strohgelbes Sommerkostüm. Sie hatte wohl das kleine schwarze Kleid an, das sie zu Hause auftrug, und alte Schuhe, die ihr als Hausschuhe dienten.

Also war sie irgendwo hier im Viertel. Oder aber, sie

war oben und hatte vergessen, ihm einen Zettel hinzulegen. Er hätte hinaufgehen und an Mademoiselle Couverts Tür klopfen können. Da er dies aber noch nie getan hatte, wäre ein solcher Schritt zu bedeutungsvoll gewesen.

Er konnte auch hinuntergehen und die Concierge fragen. Allerdings sprachen Jeanne und sie eigentlich nie miteinander, und außerdem kam man, wenn man den Ausgang zur Rue Sainte-Apolline benutzte, nicht an der Portiersloge vorbei. Dieses Haus war nicht ganz so wie die anderen. Die Concierge war auch keine richtige Concierge. Sie half die meiste Zeit ihrem Mann in dem feuchten Hof beim Stühleflechten, und in der Loge nahm sie nur die Post für die Hausbewohner entgegen.

Da er schon aufgestanden war, ging er in die Küche, um ein Glas Wasser zu trinken, wobei er den Hahn ziemlich lange offen ließ, bis kühles Wasser kam.

Er kam nicht auf den Gedanken, zu arbeiten oder zu lesen. Hinsetzen wollte er sich auch nicht wieder. Seine Werkstatt wirkte weniger einladend als sonst auf ihn. Dabei kannte er sie doch bei Gott bis in den kleinsten Winkel! Er hatte jedes Ding, auch den bescheidensten Gegenstand, zu seiner vollen Zufriedenheit angeordnet, ja, das war ihm gelungen.

In diesen vier Wänden, oder vielmehr sechs Wänden, denn zur Rue Sainte-Apolline hinaus gab es einen Winkel, eine Art Alkoven, wo eine Couch stand, die ihm als Bett diente, hatte er sich ein Universum geschaffen, das ihm entsprach, das, wie ihm schien, ein Abbild seiner selbst war.

Die Wände waren grellweiß, wie in einer Mönchszelle, und zwei Zeichentische, ein großer und ein kleiner, zeugten von langsamer, friedlicher, harmonischer Handwerksarbeit.

Er malte zwar keine Madonnen wie Fra Angelico, widmete sich aber mit vergleichbarem Eifer dem Zeichnen von Buchstaben, Titeln für Luxuszeitschriften wie *Art et Vie*, Initialen und Schlußvignetten für Vorzugsausgaben mit limitierter Auflage.

Außerdem hatte er sich schon seit mehreren Jahren an eine langwierige Arbeit gemacht, die Schaffung einer neuen Druckschrift, wie sie nur alle zwanzig oder fünfzig Jahre einmal entstand und die einst seinen Namen tragen würde.

In den Druckereien und Zeitungsredaktionen würde man dann ganz geläufig von der »Jeantet« reden, wie man heute von der »Elzevir«, der »Auriol« oder der »Naudin« redete …

Einige dieser Buchstaben hingen schon vergrößert, schön schwarz in Tusche gezeichnet an den Wänden.

Er betrachtete sie nicht, ebensowenig wie er das silbrige Verdeck der Busse, die von oben gesehen Walen glichen, oder die Porte Saint-Denis betrachtete, die von der Sonne wie eine Terrakotta vergoldet wurde.

Er setzte sich resigniert wieder hin. »Sein« Sessel, den er nach monatelanger Suche schließlich auf dem Flohmarkt aufgestöbert hatte, besaß eine Geschichte. Jeder Gegenstand hatte eine Geschichte, auch die Wanduhr im Stil Louis-Philippe mit dem graugrünen Zifferblatt und den römischen Ziffern, die jetzt gerade sieben Uhr anzeigte.

Man hielt ihn oft für einen Weichling, das wußte er, und es stimmte auch, daß sein großer Körper irgendwie schlaff wirkte. Er war nicht dick, schon gar nicht fett, aber er sah aus, als fehlte ihm ein festes Knochengerüst. Alle Linien bei ihm waren gekrümmt, fliehend, das war auch schon als Junge in der Schule so gewesen, wo er in der Pause immer schneller außer Atem kam als die anderen.

Die Leute ahnten nicht, daß er ebenso nervös war wie sie, vielleicht sogar noch nervöser, und daß er bei der leisesten Erregung innerlich in Panik geriet. Sein Blut schien dann nicht mehr in normalen Bahnen zu fließen; die seltsamsten und unerklärlichsten Dinge rührten sich in seiner Brust; zeitweise wurde ein Finger hochempfindlich und tat weh wie bei einem Krampf, dann wieder wurde eine Schulter steif, und es endete fast immer mit einem unangenehmen Hitzegefühl am Hinterkopf.

Es hatte für ihn nichts Erschreckendes, er sprach auch mit niemandem darüber, nicht einmal mit seinem Arzt und erst recht nicht mit Jeanne. Er beruhigte sich ganz allein. Es war übrigens schon lange nicht mehr vorgekommen, oder wenn, dann nur ganz schwach, etwa nach einer Verstimmung, vor allem nach einer Demütigung. Nein, das war nicht ganz das richtige Wort. Der Anfall kam genauer gesagt immer dann, wenn er den Eindruck hatte, daß man ihn verkannte, daß man ihn ungerecht und schlecht behandeln, ihn unbedingt erniedrigen wollte.

Er hätte in so einem Fall nur ein Wort zu sagen brauchen. Er suchte auch danach, bemühte sich, den

Mut aufzubringen, es auszusprechen, und das Debakel kam dann plötzlich aus seinem Ohnmachtsgefühl.

So war es in diesem Augenblick aber nicht. Es geschah gar nichts. Jeanne würde zurückkommen. Er horchte auf ihre Schritte im Treppenhaus. In Gedanken sah er sie heraufkommen, am Treppenabsatz stehenbleiben, ihre Tasche öffnen.

Da war ein Detail, über das er sich jetzt wunderte: er hatte keinen Schlüssel gebraucht, um hereinzukommen. Doch konnte er sich nicht erinnern, daß Jeanne je einmal weggegangen wäre, ohne die Tür doppelt abzuschließen.

»In einer Gegend wie dieser...«, sagte sie.

Er selber hatte nie Angst vor Dieben gehabt.

Es war jetzt schon über eine Stunde, daß er wartete, daß sie also fort war. Es war etwas nicht unbedingt Schlimmes, aber doch ganz Unerwartetes geschehen. Er konnte nicht mehr einfach in seinem Sessel sitzen bleiben. Seine Kehle war ganz ausgedörrt, er ging in die Küche, um noch ein Glas Wasser zu trinken, dann trat er ohne Hut und ohne die Tür abzuschließen hinaus.

Da er es immer noch nicht wagte, zu Mademoiselle Couvert hinaufzugehen, ging er die zwei Stockwerke hinab und wandte sich dem Höfchen zu, wo die Lampe der Portiersloge hinter der schmutzigen Scheibe einen gelblichen Fleck bildete. Er klopfte, ohne hineinzusehen, denn mit einem kurzen Blick hatte er den Ehemann wahrgenommen, der neben dem schon fürs Abendessen gedeckten Tisch auf einem Stuhl saß und ein Fußbad nahm.

»Mélanie!« schrie der Mann, ohne sich vom Fleck zu rühren.

Darauf rief eine Stimme hinter einem Vorhang, der als Trennwand diente, hervor:

»Was ist los?«

»Ein Mieter.«

»Was will er?«

»Weiß nicht.«

Jetzt wunderte er sich zum erstenmal und hatte dabei den Eindruck, eine Entdeckung zu machen. Er hatte allerdings auch nur äußerst selten an die Tür dieser Portiersloge geklopft. Jetzt sah er plötzlich zwei Menschenwesen, die in dieser finsteren Höhle lebten, nur zwanzig Meter von den Spaziergängern auf dem Boulevard und den Leuten entfernt, die auf der Terrasse der Brasserie etwas tranken, wo Samstag abends und sonntags eine Kapelle mit vier oder fünf Musikern spielte.

Klein, abgehärmt, mit dem harten Blick eines mißtrauischen Tieres, kam die Frau aus dem Dunkel. Sie machte die Tür nicht auf, sondern begnügte sich damit, eine Scheibe zu öffnen, die als Klappe diente.

»Wenn Post für Sie da wäre, hätte ich sie ja hinaufgebracht.«

»Ich wollte Sie fragen ...«

»Na was denn? Was wollen Sie?«

Er verlor schon den Mut.

»Nur fragen, ob Sie vielleicht meine Frau haben weggehen sehen ...?«

»Ich kümmere mich nicht um das Kommen und Gehen der Hausbewohner, und schon gar nicht um das, was die Frauen treiben.«

»Dann hat sie Ihnen ja wohl auch nichts gesagt?«

»Selbst wenn sie mir etwas gesagt hätte, dann hätte ich es ja wohl ausgerichtet!«

»Vielen Dank.«

Er sprach diese Worte nicht ironisch aus, sondern aus Gewohnheit, weil dies seinem Charakter entsprach. Sie hatte ihn ohne Grund verletzt. Er war ihr deshalb nicht böse. Wenn sich jemand hier falsch verhielt, dann er. Er passierte den Durchlaß bis zum hellen Ende am Boulevard und drehte dann, um seine Ungeduld zu besänftigen, eine Runde an der Porte Saint-Denis vorbei zur Rue Sainte-Apolline.

Es war hier ein wenig so, als befände man sich hinter den Kulissen eines Bühnenbildes. Diese Häuser gingen nämlich auf beide Seiten hinaus. Am Boulevard Saint-Denis lagen die verlockenden Schaufenster, die schikken Restaurants, und dort gab es abends wahre Orgien von Leuchtreklame in allen Farben.

In der Rue Sainte-Apolline gab es Handwerker, den Packer, ein Stück weiter die Bude eines Flickschusters neben einer Wäscherei, wo Frauen den ganzen Tag bügelten, während auf dem gegenüberliegenden Trottoir zwei oder drei Mädchen in sehr hochhackigen Schuhen vor einem kleinen Hotel auf und ab flanierten und Männer im Halbdunkel eines kleinen Cafés Karten spielten.

Niemand kannte ihn. Er aber kannte jede Gestalt, jedes Gesicht, denn er hatte sie von seinem Fenster, dem Fenster über seiner Couch, beobachtet.

Ob Jeanne, während er diese Runde drehte, nicht längst nach Hause gekommen war? Um seine Chancen zu erhöhen, beschloß er, noch einmal, noch zweimal um den Block herumzugehen. Beim dritten Mal blieb er vor dem Milchgeschäft stehen, in dem Jeanne immer einkaufte, und das noch offen hatte. Es gab dort nicht nur Butter, Eier und Käse zu kaufen, sondern auch vorgekochtes Gemüse für Leute, die keine Zeit zum Selberkochen hatten oder solche, die im Hotel wohnten und nicht kochen durften.

»Sie haben nicht zufällig meine Frau gesehen, Madame Dorin?«

»Seit heute früh, als sie einkaufen kam, nicht mehr.«

»Vielen Dank.«

»Sie werden doch nicht in Sorge sein?«

»Nein, nein. Bestimmt nicht.«

Während er dies sagte, hätte er vor Nervosität am liebsten losgeweint.

Wieder spürte er diese furchtbare Ohnmacht. Jeanne war irgendwo. Es war natürlich nichts Schlimmes geschehen: eine Verspätung, ein Vergessen, ein Mißverständnis, ein unvorhergesehener Zwischenfall.

Warum sollte er nicht in der Zwischenzeit hinaufgehen und zu Abend essen, was er im Fliegenschrank fand? Oder ins erstbeste Restaurant gehen? Oder, wenn er keinen Hunger hatte, in seinem Sessel lesen?

Er vergaß, die Abendzeitung zu kaufen, ging in seine Wohnung hinauf, wo immer noch niemand war und die Scheiben eines der Fenster sich schon rötlich verfärbten. Dieser Tag kam ihm länger vor als alle anderen. Es war fast acht Uhr, und die Sonne war immer noch nicht ganz untergegangen, die Leute auf den Caféterrassen tranken immer noch Bier und Aperitifs, die Männer gingen immer noch ohne Jackett herum.

Jeanne wurde nicht so leicht übel. Es war unwahrscheinlich, daß sie auf der Straße ohnmächtig geworden war, und selbst wenn, sie hatte doch gewiß ihren Personalausweis dabei. Seit zwei Jahren hatten sie auch Telefon zu Hause.

Er starrte das Telefon auf dem Tisch an und zog die Brauen zusammen. Wenn sie irgendwo aufgehalten wurde und sich verspätete, warum rief sie dann nicht an?

Bedeutete das vielleicht, daß sie sicher war, er würde bei Mademoiselle Couvert nachfragen und dort eine Nachricht hinterlassen hatte?

Er zweifelte daran, stieg aber trotzdem diesen ihm unbekannten Teil der Treppe hinauf und sah dort ein verzinktes Schild mit dem Namen der alten Jungfer und der Aufschrift »Näherin«.

Während er auf der Fußmatte stand und zögerte anzuklopfen, hörte er Tellerklappern und die Stimme des kleinen Jungen, Pierre, der beharrlich fragte:

»Meinst du, ich kann hinuntergehen?«

»Ich weiß noch nicht. Vielleicht.«

»Meinst du, eher ja als nein?«

»Schon möglich. Am liebsten würde ich gleich ja sagen.«

»Warum sagst du es dann nicht?«

Er klopfte, weil es ihm peinlich war, ungewollt zuzuhören.

»Ich gehe!« verkündete das Kind.

Die Tür wurde weit aufgerissen, die Seiten einer Illustrierten auf einem Tischchen und sogar die grauen Haare der alten Jungfer, die zu essen aufhörte, flatterten im Luftzug.

»Es ist Monsieur Bernard!« verkündete Pierre.

»Entschuldigen Sie... Ich wollte nur fragen, ob meine Frau vielleicht bei Ihnen eine Nachricht für mich hinterlassen hat...«

Der Junge blickte ihn für sein Alter ungewohnt scharf an, dann sah er zu Mademoiselle Couvert hinüber und zögerte, die Tür zu schließen.

»Ist sie noch nicht zurück?« fragte die Näherin erstaunt.

»Nein. Und was mich wundert...«

Was sollte er viel erklären? Jeanne und er hatten bestimmte Gewohnheiten, die vielleicht ein wenig sonderbar waren und von anderen belächelt wurden. Der Mittwoch war immer sein Tag, der Tag, an dem er die Firmen besuchte, für die er arbeitete, und so war es auch an diesem Nachmittag geschehen.

Es hätte nichts dagegen gesprochen, daß Jeanne an dem Tag ebenfalls weggegangen wäre, wenn sie etwas zu erledigen gehabt hätte, aber das war, so weit er wußte, in all den acht Jahren nie geschehen.

Im übrigen verließ sie ihr Stadtviertel nur selten, und wenn, ging es immer um mehr oder weniger belanglose Einkäufe in den Kaufhäusern an der Rue Lafayette oder sonstwo, über die sie schon tagelang vorher redete.

Sie wäre dorthin auch nicht in ihrem alten schwarzen Kleid gegangen.

»Wollen Sie nicht einen Augenblick eintreten?«

»Nein, danke. Sie ist bestimmt in der Zwischenzeit zurückgekommen, während ich hier oben war...«

Sie war nicht zurückgekommen. Die Beleuchtung in der Wohnung veränderte sich, je mehr die schwarzen Zeiger der Wanduhr vorrückten. Am Himmel über den Dächern verwandelte sich das Rosa des Sonnenuntergangs, von dem nur noch an einigen zarten Wolken Spuren zu erkennen waren, allmählich in kaltes Grün.

Das versetzte ihn in Angst, in eine geradezu physische Angst, und als er es nicht mehr aushalten konnte, nahm er seinen Hut vom Haken, ging hinunter und mischte sich mit sehr viel schnelleren Schritten als gewöhnlich, was nur zur Folge hatte, daß er hinkte, unter die Leute.

Andere hätten es einfacher gehabt: sie hätten sich an Eltern, an eine Schwester oder Schwägerin, an Freunde oder Kollegen wenden können.

Bei ihnen war das anders. Sie hatten niemanden, außer Mademoiselle Couvert und dem kleinen Jungen, der ihn beim Weggehen ganz nachdenklich angesehen hatte.

Die Passanten, die paarweise, familienweise vorüberkamen, vereinnahmten die Gehsteige in ihrer ganzen Breite und bewegten sich mit der Langsamkeit eines Flusses voran, wobei an jenen Stellen, wo die Caféterrassen zu weit hervorragten und den Durchgang behinderten, ein Engpaß entstand. Obwohl es immer noch hell war, waren die Kinos schon beleuchtet, und vor den Kassen bildeten sich erste kurze Schlangen.

Er verließ den Boulevard und drang in ruhigere Straßen vor, wo alte Leute zum Luftschnappen hie und da

Stühle auf den Gehsteig gestellt hatten. Einige Läden, die noch offen hatten, verströmten ihre Gerüche auf die Straße, und von überallher hörte man Stimmen und Satzfetzen.

Er erreichte die Rue Thorel, erblickte das Grau in Grau des Amtsgebäudes, die Fahne, die von einer Stange herunterhing, die Fahrräder der Polizeibeamten, zwei Schutzleute, die gerade herauskamen und ihren Gurt umschnallten. Der eine sah ihn dabei an, als wäre ihm sein Gesicht nicht unbekannt, schwang sich dann aber auf seine Maschine, ohne weiter in seiner Erinnerung nachzuforschen.

Jeantet betrat das Kommissariat, wo genau wie bei der Concierge Licht brannte und wo Pfeifen- und Zigarettenqualm in den Räumen schwebte. Ein altersloser Mann versuchte sich über eine Art Theke aus schwarzem Holz hinweg, über die ein Käppi ragte, verständlich zu machen.

»Haben Sie nun eine Arbeitserlaubnis, ja oder nein?«

»Herr Wachtmeister ...«

Das war so gut wie alles, was er auf französisch sagen konnte. Für alles übrige gebrauchte er unverständliche Worte, Gesten, und breitete mit fieberhaft zitternden Händen Papiere aus, die die Spuren von schmutzigen Fingern trugen und lose in irgendwelchen Taschen gesteckt hatten.

»... mir sagen ...«

»Wer hat dir was gesagt?«

Seine Gesten deuteten an, daß es sich um eine sehr große oder sehr bedeutende Person handelte.

»... Herr ...«

»Er wird dir ja wohl nicht erklärt haben, daß dies hier eine Arbeitserlaubnis ist?«

Kein Ausweis war der richtige. Er hatte weiße, rosarote, blaue Papiere auf französisch und in wer weiß welcher Sprache.

»Wieviel Geld hast du?«

Er verstand nicht einmal das Wort »Geld«. Hinter ihm trat eine junge Frau ungeduldig von einem Fuß auf den anderen und machte dem Polizisten Zeichen.

Man zeigte dem Mann Geldscheine. Er verstand und zog ein zerknittertes, schmieriges kleines Bündel aus der Tasche, dann noch einige Münzen, die er auf der Theke aufreihte.

»Das reicht vielleicht gerade aus, um einer Anklage wegen Landstreicherei zu entgehen, aber damit kommst du nicht weit, und man wird dich an die Grenze zurückbringen. Woher hast du dieses Geld?«

»Hören Sie mal, Wachtmeister«, mischte sich jetzt die junge Frau ein. »Ich muß um Viertel vor neun im Theater sein und...«

Sie trug ein fast durchsichtiges Kleid.

»Setz dich da hin«, sagte der Polizist zu dem Mann und deutete auf eine Bank an der Wand.

Resigniert, verdattert und voller Sorge, was aus ihm werden würde, setzte er sich hin. Auch er kam von irgendwoher und aus einem Grund, den nur er allein kannte... Jeantet biß sich auf die Lippe. Die Frau hingegen wußte genau, was sie wollte.

»Ich will nur eine Unterschrift beglaubigen lassen.«

»Gehören Sie hier zu diesem Revier? Haben Sie eine Anmeldebestätigung?«

»Hier, von der Concierge unterschrieben.«

Sie machte ihre Handtasche auf, aus der ein Parfümschwall kam.

»Ich gehe auf Tournee und brauche einen Paß. Also...«

»Auf Tournee, wie... Na ja!... Kommen Sie morgen früh wieder... Der Kommissar ist jetzt nicht da...«

Zwei weitere Polizeibeamte saßen wie erstarrt vor ihrem Pult und machten gar nichts, sie rührten sich nicht.

»Und Sie? Was wollen Sie?«

»Könnten Sie mir vielleicht sagen, ob es heute nachmittag einen Unfall gegeben hat?«

»Was für eine Art von Unfall?«

»Ich weiß nicht... Vielleicht einen Verkehrsunfall?...«

Ein Mann war hereingekommen, nicht auf der Publikumsseite, sondern auf der anderen, ein Dicker mit schweißglänzendem Gesicht und einem Hut auf dem Kopf. Er gab den anderen flüchtig die Hand und beobachtete dann Jeantet durch seinen Pfeifenqualm.

»Solche Unfälle gibt es täglich... Warum wollen Sie das wissen?«

»Meine Frau ist nicht nach Hause gekommen.«

»Seit wann?«

»Ich bin um zwei von zu Hause weggegangen.«

»Was macht Ihre Frau?«

»Nichts... Den Haushalt...«

»Bei Herrschaften?«

»Zu Hause.«

»Ist sie zweiundfünfzig Jahre alt?«

»Nein, achtundzwanzig.«

»Also dann ist sie das nicht. Die Frau, die um zehn nach vier in der Rue d'Aboukir von einem Bus überfahren wurde, war zweiundfünfzig ... Posetti heißt sie ...«

Wieder dieses Ohnmachtsgefühl! Es fiel ihm nicht einmal ein, welche Frage er stellen mußte. Keiner half ihm dabei. Die Gesichter wirkten teilnahmslos.

»Läuft sie öfter mal weg?«

»Nein.«

»Warum machen Sie sich dann Sorgen?«

Während er noch zu verstehen versuchte, wurde er von dem Neuankömmling von hinten angerufen, von dem Mann mit dem schweißglänzenden Gesicht und der kräftig riechenden Pfeife.

»Sagen Sie mal, Sie wohnen doch am Boulevard Saint-Denis?«

»Ja, ich wohne am Boulevard Saint-Denis.«

»Im zweiten Stock über dem Uhrengeschäft?«

»Ja.«

»Erkennen Sie mich nicht wieder?«

Jeantet bemühte sich, aber seit einer ganzen Weile erschien ihm alles so unwirklich. Er hatte dieses Gesicht da, diese gleichzeitig leutselige und aggressive, vulgär selbstsichere Miene schon irgendwo gesehen.

»Inspektor Gordes, sagt Ihnen das nichts?«

Er errötete heftig.

»Doch.«

»Ich habe Ihnen einmal einen Dienst erwiesen, obwohl Sie meinem Rat nicht gefolgt sind. Ja, und worum geht es denn heute?«

»Sie hatte einen Unfall.«

»Immer noch dieselbe?«

»Ja.«

»Wann?«

»Heute nachmittag.«

»Wo?«

»Das weiß ich nicht. Ich bin deshalb hierher gekommen, um es zu erfahren.«

»Wollen Sie damit sagen, daß sie nicht nach Hause gekommen ist?«

Er senkte den Kopf. Er konnte es nicht mehr ertragen. Er sah auf all diesen Gesichtern ein Grinsen, außer auf dem des Ausländers, der mitten auf der Bank ohne Rückenlehne saß und in seinen weißen, blauen, rosa Papieren zu ergründen suchte, was nicht mit ihm stimmte.

2

Vielleicht waren sie ja gar nicht bösartig, sondern sahen das Leben bloß aus einem anderen Blickwinkel? Vielleicht lag es nur an ihrem Beruf, und diese rauhe und gleichzeitig trübe Atmosphäre, die Jeantet als so unwirklich empfand, daß er den Boden unter den Füßen verlor, war einfach ihr Alltag? Gewiß hatten auch sie, wie alle Berufsgruppen, ihren eigenen Jargon, gebrauchten Worte, deren Sinn nur sie kannten oder die für sie einen anderen Sinn bekamen, genau wie auch in der Druckerei an der Börse: Schusterjunge und Jungfrau zum Beispiel, Punkt und Cicero, Setzkasten und Geviert. Gab es nicht genug Leute, denen ein Schließrahmen in der Druckerei, die schweren Formen, das Blei, das man mit grauen Fingern handhabte, monoton und trostlos oder gefährlich erschienen?

Er war niemandem böse und versuchte nur, genau wie der Ausländer auf der Bank, sich Gehör zu verschaffen, einen Kontakt herzustellen. Ganz schnell hatte er den Eindruck, daß er ins Leere sprach und daß er seine Lippen ebensogut hätte bewegen können, ohne einen Laut hervorzubringen.

»Herr Inspektor, hören Sie...«

Diese schwarze Barriere, an der Zehntausende mit ihrem guten Willen gescheitert waren, störte ihn, ebenso wie der Blick der drei stummen Beamten, die wie Statisten in einer vertrauten Szene wirkten.

»... Ich bin sicher, daß sie einen Unfall gehabt hat... Vielleicht ist er nicht im 2. Arrondissement passiert...«

»Haben Sie schon im 3. nachgefragt?«

Ihr Haus lag fast an der Grenze der beiden Verwaltungsbezirke.

»Nein... Ich hatte gehofft, daß man von hier aus Erkundigungen einholen, telefonieren könnte...«

Der Inspektor hatte ganz gewiß ein eigenes Büro. Warum forderte er Jeantet nicht auf, ihn dorthin zu begleiten? Weil jetzt gerade tote Zeit war und diese andern da mit ihrem Käppi auf dem Kopf etwas Unterhaltung brauchten?

Gordes war, als er ihn vor acht Jahren kennenlernte, ein geradezu magerer Mann gewesen, den er im ersten Augenblick für einen Reporter oder einen Handlungsreisenden gehalten hatte. Schon damals war er salopp und selbstsicher aufgetreten, einer vom Schlage derer, die man stundenlang in den Cafés herumsitzen sieht, und er war jetzt bestimmt vom vielen Essen und Trinken, vor allem vom Trinken so dick geworden.

»Cornu, verbinde mich mit der Funkstreife.«

Was eigentlich eine Freundlichkeit hätte sein können, bekam aus seinem Mund etwas Herausforderndes, und er setzte sich nur mit einer Hinterbacke auf den Schreibtisch des uniformierten Polizisten, dem er den Hörer aus der Hand nahm.

»Funkstreife?... Manière, bist du's?... Deine Stimme kam mir doch gleich bekannt vor... Heiß ja... Hier auch... Wie geht's so?... Die Kinder?... Der meine fährt Ende der Woche mit seiner Mutter in Ferien... Zu seiner Großmutter, wie immer... Sag mal, hat es heute nachmittag einen Verkehrsunfall gegeben, bei dem eine etwa dreißigjährige Frau beteiligt war?«

Er hatte Jeantet nicht aus den Augen gelassen und wandte sich jetzt an ihn.

»Was hatte sie an?« fragte er ihn.

»Ein schwarzes Kleid, ziemlich alt.«

»Ein schwarzes Kleid... Besondere Merkmale: Narbe an der Wange... Narbe, ja... Genau...«

Und wieder an Jeantet gewandt:

»An der linken oder an der rechten Wange?«

»An der linken.«

»An der linken Wange, Alter... Ein Souvenir sozusagen... Monsieur war nicht zufrieden gewesen... Nein, nichts dabei? Alles ruhig?... Nein, ich habe meinen Dienst gerade erst angefangen... Danke... Ja... Ich werde es ihr ausrichten.«

Er legte auf und zog kopfschüttelnd an seiner Pfeife.

Jeantet machte noch einen Versuch.

»Wäre es denn nicht möglich, daß Passanten sie direkt ins Krankenhaus gebracht haben?«

»Bei einem Unfall wird immer ein Protokoll aufgenommen, das ist Vorschrift. Schließlich geht man doch nicht ins Krankenhaus wie ins Kino...«

»Aber in einem dringenden Fall?... Wenn sie hingefallen ist und Unbekannte sie aufgehoben haben...«

Er spürte genau, daß er Unsinn redete, daß er vor allem hier solche Dinge nicht hätte sagen sollen.

»Gut! Verbinde mich mit dem Zentralkrankenhaus, Cornu...«

Danach kam das Saint-Antoine, dann das Saint-Louis-Hospital an die Reihe.

»Na, glauben Sie es jetzt?«

Der Inspektor hatte das nicht aus Wohlwollen getan, um ihm zu helfen, sondern um ihm zu beweisen, daß er recht hatte. Es gab auch noch andere Krankenhäuser in Paris. Aber konnte man annehmen, daß sich Jeanne, so wie sie gekleidet war, weit aus ihrer Gegend entfernt hatte? Er wagte es nicht, weiter zu beharren. Gordes sah den Fall ganz professionell, was sich in diesen Worten ausdrückte:

»Haben die sich das damals nicht zahlen lassen, als Sie sie aufgenommen haben?«

Jedes Wort klang falsch, schuf nur ein Zerrbild der Wirklichkeit. Jeantet schüttelte den Kopf.

»Ich habe Sie aber schon damals gewarnt, daß sie dafür zahlen muß. Ein Mann läßt doch das Mädchen, das für ihn arbeitet, nicht einfach laufen. Da würde er doch in seinem Milieu jede Ehre verlieren.«

Dazu hatte er nichts zu sagen. Er wollte jetzt nur noch schnell weg. Plötzlich war er ganz sicher, daß Jeanne inzwischen nach Hause gekommen war, und machte sich jetzt Vorwürfe, daß er durch seine Ungeduld diesen ganzen Schmutz wieder aufgewirbelt hatte.

»Hat sie kein Geld von Ihnen verlangt? So etwa eine Viertel- oder eine halbe Million?«

»Nein.«

»Dann hat sie sich den Betrag bestimmt anderswo besorgt. Ging sie oft weg?«

»Niemals.«

»Haben Sie Freunde? Reiche Freunde?«

Er errötete zum zweitenmal und behauptete, ohne genau zu wissen, was er sagte:

»Entweder ist sie nach Hause gekommen, solange ich hier war, oder es ist ein Unglück passiert.«

»Wie Sie meinen. Wir sprechen uns morgen wieder.«

Vor dem Kommissariat hielt ein Auto. Eine Wagentür knallte zu. Dann wurde die Tür aufgerissen, und zwei Polizisten in Uniform stießen zwei Männer in den Raum, wovon der eine Handschellen trug und der andere ein blutverschmiertes Gesicht hatte. Beide hatten tiefschwarzes Haar, Ausländertypen, Spanier oder Italiener, Jeantet erfuhr es nicht mehr, denn es blieb ihm keine Zeit, sie sprechen zu hören.

Er hatte nur dieses Bild vor Augen: junge Polizisten, in tadelloser Uniform, vor Gesundheit strotzend, die man sich auch als Athleten auf dem Sportplatz vorstellen konnte, und die anderen, die etwa gleich alt waren, schmutzstarrend, mit zerrissenem Hemd und einem harten, verschlossenen Blick. Der eine Mann schien gar nicht zu bemerken, daß er blutete, und ließ das Blut von seinem Kinn auf das Hemd tropfen, das schon ganz befleckt war.

Gerade als Jeantet ging, legte einer der Polizisten ein offenes Messer auf die Theke, und der Mann auf der Bank, der einen Augenblick von seinem Papierkram abgelenkt wurde, hob den Kopf und betrachtete die Neuankömmlinge. Dabei sah man ihm an, daß er immer noch zu verstehen suchte.

Was zu verstehen? Warum sich die Menschen gegenseitig Böses zufügten?

Als Jeantet über die Schwelle trat, bemerkte er zu seinem Erstaunen, daß es immer noch hell war, und beobachtete eine ganze Weile eine Taube, die am Bordstein herumpickte. Er zwang sich, langsam zu gehen. Es war besser, möglichst viel Zeit verstreichen zu lassen, denn mit jeder Minute wuchsen seine Chancen, daß Jeanne ihn zu Hause erwartete.

Die Straßen waren jetzt ruhiger, menschenleerer, die Geräusche gedämpfter. Der Wirt der Brasserie am Boulevard Saint-Denis überwachte seine Terrasse. Er war ein kahlköpfiger, friedfertiger kleiner Mann, der lange Jahre in Straßburg oder Mulhouse Kellner in einem Café gewesen war. Ob er wohl die Kreuzung, die Tischchen, die Biergläser und sogar den Himmel, der sich langsam bewölkte, mit den gleichen Augen sah wie seine Gäste, die hier frische Luft schnappten?

Gewiß hatte auch er seine eigene Sprache und seine eigene Art, das Leben und die Menschen zu sehen. Und jeder einzelne Gast, der hier in der Dämmerung am Tisch saß, lebte in Wirklichkeit in seiner eigenen Welt, in die keiner seiner Tischnachbarn eindringen konnte.

Das wußte er schon lange. Gerade weil er das so gut wußte, hatte er ja alles daran gesetzt, seine eigene Domäne abzugrenzen und sie mit Schutzbarrieren zu umgeben. Und er hatte sie so bescheiden und einfach wie möglich gewählt, damit sie weniger leicht bedroht werden konnte, und doch war jetzt plötzlich von einer Stunde zur anderen, fast von einer Minute zur anderen alles ins Wanken geraten.

Er nahm zwei Stufen auf einmal, stieß die Tür jäh auf, als hinge sein Glück davon ab.

Leer!

Da ließ er sich in seinen Sessel fallen, riß die Augen

auf, ohne wahrzunehmen, worauf er so intensiv starrte und rührte sich nicht mehr vom Fleck.

Er spürte weder Hunger noch Durst, es war ihm weder zu kalt noch zu warm. Er war nicht müde und litt eigentlich nicht.

Dennoch wurde alles langsam aber sicher immer unerträglicher; schleichende Angst, die sich in Verkrampfungen, in merkwürdigen Zuckungen an seinem ganzen Körper ausdrückte, befiel ihn.

»Das darf ich nicht!«

Er wurde sich nicht bewußt, daß er in der leeren Wohnung, in die durch die offenen Fenster noch immer Außengeräusche eindrangen, laut gesprochen hatte. Er durfte nicht einfach durch die Straßen laufen und nach Jeanne suchen, wozu er sich instinktiv am meisten angetrieben fühlte, sondern er mußte seine ganze Energie aufwenden, um, scheinbar schlaffer denn je, zusammengesunken in seinem Sessel sitzen zu bleiben.

Wenn es kein Unfall war, war es ein Verbrechen. Hatte Inspektor Gordes vielleicht nicht auch daran gedacht? Jeantet hätte fast mit ihm darüber gesprochen. Er hatte sich nur deshalb davon abhalten lassen, weil die Worte für sie beide jeweils einen ganz anderen Sinn annahmen. Gordes zog immer alles in den Dreck.

Jeanne hatte damals nicht gezahlt, weil er, Jeantet, es ihr so geraten hatte und er ihr im übrigen so viel Geld auch gar nicht hätte geben können. Zu jener Zeit, vor acht Jahren, war er gerade erst zweiunddreißig Jahre alt gewesen; den Sessel hatte er noch nicht gekauft, auch die beiden Zeichentische nicht; und die Dunkelkammer, die einst einem Straßenfotografen gedient hatte, war auch noch nicht zu einem Badezimmer umgebaut worden.

Wenn er genau überlegte, war das damals ebenfalls an einem Mittwoch passiert, denn er hatte schon von jeher an diesem Wochentag seine sogenannte Runde gemacht.

Er hatte allein in seinem noch spärlich möblierten Eßzimmer zu Abend gegessen, er konnte sich sogar noch erinnern, daß er vorher auf dem Nachhauseweg bei Madame Dorin vorbei war, um Käse und vorgekochtes Gemüse zu kaufen.

Es war Sommer, etwas später im Jahr als jetzt, Ende August, und die meisten Pariser, vor allem die aus seinem Stadtviertel, waren schon wieder aus den Ferien zurück. Die Fenster standen offen, und die Geräusche waren ungefähr die gleichen wie jetzt.

Zu jener Zeit saß er immer in einem Korbsessel und verschlang sämtliche Beschreibungen von Forschungsreisen, die er in der Arsenal-Bibliothek und bei den Bouquinisten auftreiben konnte. Er hatte bis spät, bis etwa ein Uhr früh, gelesen und sich dann bei abgedrehtem Licht noch aus jenem Fenster gelehnt, das auf die Rue Sainte-Apolline hinausging. Nur zwei standen an der Tür des Stundenhotels, von der ein rechteckiger Lichtfleck aufs Trottoir fiel. Die kleine Bar etwas weiter vorn hatte die Läden schon heruntergelassen. Eine der beiden Frauen, sehr blond, war ganz in Blaßblau, die andere trug ein schwarzes Kleid.

Ein Mann war um die Ecke gebogen, hatte zögernd, dann entschlossen die Straße überquert, um sich die Frauen aus der Nähe anzusehen. Er war an ihnen vorbeigegangen; die in Blau war ihm nachgestürzt und schleppte ihn nach ziemlich langen Verhandlungen ins Hotel ab, wo auch gleich hinter einem Fenster das Licht anging.

Als dann zwei Wochen später der Inspektor gekommen war, um über Jeanne zu reden, war er ans Fenster getreten, um mit verständnisinniger Miene das Haus gegenüber zu beobachten und Jeantet dann zuzuzwinkern.

Es war nicht schwierig, sich vorzustellen, was er dachte, und dennoch war dies schon damals falsch. Die Rue Sainte-Apolline, das Stundenhotel, das Kommen und Gehen der Prostituierten und ihrer Freier, all das berührte Jeantets Universum nur am Rande; es gehörte irgendwie dazu, aber morgens beobachtete er auf der anderen Seite genauso die Kellner, während sie die Terrasse der Brasserie in Ordnung brachten, oder wie die Bierfässer über den Gehsteig gerollt und durch ein Gelaß in den Keller hinabgehievt wurden.

Alles andere war ganz schnell gegangen. Der Mann hatte unsichtbar in einer Ecke gelauert, bis die Straße menschenleer war, und Jeantet hatte ihn nicht näherkommen sehen. Er entdeckte ihn erst, als er geschmeidig und leise ein paar Schritte vor der schwarzgekleideten Dirne auftauchte, die ihn im gleichen Augenblick wie Jeantet bemerkte und nach einer ersten Fluchtbewegung wie erstarrt stehen blieb.

Die Szene, die stumm ablief, hatte nur ein paar Sekunden gedauert, und doch grub sich jede einzelne Bewegung tief in Jeantets Gedächtnis ein: wie der Mann sich vor der Frau aufgepflanzt, einen Moment abgewartet und sie dann, bevor sie irgendeine schützende Bewegung machen konnte, in aller Ruhe auf beide Wangen geschlagen hatte.

Er hatte unvermittelt mit einer genau berechneten, nicht einmal so brutalen Geste mit der Linken ihr Haar gepackt und mit der Rechten, die er aus der Tasche zog, überraschend langsam in ihr Gesicht geschlagen.

Schließlich hatte er mit einem einzigen Ruck sein Opfer aufs Trottoir geschleudert und sich dann befriedigt, da er vollbracht hatte, was er vollbringen mußte, Richtung Rue Saint-Denis entfernt, wo er bald schon hinter der Biegung verschwand. Er war nur ein noch dunklerer Schatten in der Dunkelheit. Seine Schritte waren nicht zu hören.

In der Straße rührte sich nichts mehr, nur ein Fuß und ein Bein der auf dem Boden liegenden Frau wurden vom Licht des Stundenhotels beleuchtet.

Wer weiß? Wenn er damals schon Telefon gehabt hätte, dann hätte er sich vielleicht damit begnügt, die Polizei zu rufen? Statt dessen hatte er Hose und Jacke angezogen und war ohne Krawatte und in Pantoffeln hinuntergegangen.

Als er das andere Trottoir erreichte, versuchte die Frau, langsam und ohne zu jammern oder zu stöhnen, wieder auf die Füße zu kommen. Sie war noch auf den Knien und stützte eine Hand auf den Boden, als sie erstaunt von unten an der unerwartet vor ihr aufragenden Gestalt aufsah.

Die Hälfte ihres Gesichts und der Hals waren blutverschmiert, aber, genau wie der Mann auf dem Kommissariat vorhin, schien sie es gar nicht zu bemerken.

Er streckte die Hände aus, um ihr aufzuhelfen. Trotzig erhob sie sich allein, und sobald sie auf den Füßen stand, fragte sie, noch bevor sie ihre Handtasche aufhob, die etwas beiseite geschleudert worden war:

»Und Sie, was wollen Sie?«

»Sie sind verletzt...«

»Na und, was geht das Sie an?«

Genau wie die andern! Doch diesmal hatte er sich nicht entmutigen lassen.

»Sie müssen behandelt werden...«

»Dafür werde ich schon selber sorgen.«

Er hatte ihre Tasche aufgehoben und sie ihr hingehalten. Sie hatte ein Taschentuch herausgenommen und damit ihre Wangen abgewischt, und erst jetzt, als sie all das Blut sah, bekam sie einen Schock. Sie riß die Augen auf, die ganz starr wurden; er konnte sie gerade noch an den Schultern packen, bevor sie zusammensackte.

Sein erster Gedanke war, sie in den Flur des Stundenhotels zu zerren, den Nachtportier oder wen auch immer zu rufen. Aber als er dann gerade dabei war, kam sie so weit zu sich, um sich heftig dagegen zu wehren.

»Nicht dorthin!«

»Warum nicht?«

»Sie würden die Polizei rufen.«

»Wo soll ich Sie denn hinbringen?«

»Nirgendwohin.«

»Wohnen Sie hier in der Gegend?«

Hatte dieser Satz auf die Frau nicht ebenso gewirkt, wie gewisse Sätze auch auf ihn wirkten? Hatte er nicht in einer ganz unbekannten Sprache zu ihr gesprochen?

Mehr ironisch als bitter wiederholte sie:

»... wohnen ...«

Darauf er unbeholfen:

»Sie dürfen nicht weiter so viel Blut verlieren ... An den Boulevards gibt es noch eine offene Apotheke ...«

»Ja und einen Bullen genau gegenüber!«

Er hob den Kopf zu seinem Fenster.

»Kommen Sie mit zu mir. Ich werde ja dann sehen, wie schlimm es ist und ob man einen Arzt rufen muß ...«

Er deutete auf sein Haus.

»Dort ... Im zweiten Stock ... Sie brauchen keine Angst zu haben ...«

»Angst wovor?«

Einen Moment überlegte er schon, ob sie vielleicht betrunken war. Sie blickte ihn an, als gehörte er nicht der gleichen Menschheit an wie sie. Auf der Treppe stolperte sie. Und als sie ihn in seiner Wohnung schließlich im Licht sehen konnte, kam es ihm vor, als hätte sie am liebsten gelacht.

»Bleiben Sie hier ... Ich hole Wasser und Watte ...«

Mit zusammengezogenen Brauen blickte sie sich im Raum um.

»Gibt es hier keinen Spiegel?«

Es gab nur einen kleinen mit Metallrahmen, der am Fensterriegel des Klos hing und ihm zum Rasieren diente.

»Ganz ruhig ... Ich tue Ihnen nicht weh.«

Er hatte seinen Wehrdienst als Hilfssanitäter geleistet; man konnte leicht sehen, daß die Wunde zwar ziemlich tief, die Wange aber nicht ganz durchbohrt war. Genau besehen waren es zwei Wunden in einer, da die Messerklinge ein Kreuz von ungefähr fünf Zentimeter Länge eingeschnitten hatte.

»Ich habe nur Jodtinktur hier... Das wird sehr brennen... Danach müssen Sie zu einem Arzt, damit er es näht...«

»Und mich dann bei der Polizei verpfeift!«

»Aber wenn Sie ihn bitten, nichts zu melden...«

»Sie sind dazu verpflichtet! Ich kenne sie.«

Sie war kaum zwanzig Jahre alt, braunhaarig, klein, weder schön noch häßlich, und ihre Vulgarität wirkte ebenso aufgesetzt wie ihre Selbstsicherheit.

»Kennen Sie den, der das getan hat?«

Auch wenn er zwölf Jahre älter war als sie und sich als reifen Mann betrachtete, erweckte doch sie in jener Nacht den Eindruck, die Ältere zu sein.

»Geben Sie's auf. Trotzdem danke für Ihre Mühe!«

»Sie werden doch jetzt nicht so weggehen?«

»Was denn sonst?«

»Haben Sie keine Angst?«

O doch, sie hatte jetzt plötzlich Angst, vielleicht, weil sie durchs Fenster auf die Rue Sainte-Apolline hinausgesehen hatte, wo auf dem gegenüberliegenden Trottoir die blonde Dirne im blauen Kleid wieder Stellung bezogen hatte. An der Straßenecke standen zwei Männer, deren Zigaretten in der Dunkelheit wie Leuchtkäfer aufflackerten, und beobachteten offensichtlich das Revier.

»Suchen die nach Ihnen?«

»Ich weiß nicht.«

»Meinen Sie nicht, es wäre besser, hier zu übernachten?«

Er erinnerte sich noch an diesen Blick, der bei all dem Unverständnis und primitiven Mißtrauen, das er ausdrückte, schwerer lastete als die ungeschicktesten Worte.

Er beeilte sich hinzuzufügen:

»Es gibt da noch ein zweites Zimmer hinter der Tür... Ich werde in einem Sessel schlafen...«

»Ich bin nicht müde.«

»Später dann schon. Tut Ihre Wange nicht weh?«

»Es fängt an.«

»Ich gebe Ihnen zwei Aspirin.«

»Ich habe welche in meiner Tasche.«

Er hatte den Korbsessel in den Raum gezogen, der später ihr Eßzimmer wurde, und war gegen drei Uhr früh endlich eingeschlafen. Zum erstenmal schlief eine Frau in seiner Wohnung, und das verwirrte ihn sehr, denn er hatte immer geglaubt, daß er sein Leben lang allein bleiben würde.

Am nächsten Morgen hatte sie Temperatur. Er hatte sie nicht nach ihrem Namen gefragt, nicht einmal nach ihrem Vornamen. Das staubige schwarze Kleid lag auf dem Boden neben Schuhen, die innen vom Schweiß ganz schwarz waren und schiefgetretene Absätze hatten, ihre schmutzigen Füße ragten unter der Decke hervor. Ihr Haar war strähnig mit Blut verklebt, ein Auge war blau unterlaufen.

»Ist jemand gekommen?«

»Nein.«

»Sehen Sie mal aus dem Fenster. Ich darf mich nicht zeigen. Streicht da nicht ein Mann auf dem Trottoir herum?«

Sie trat jetzt nicht mehr so selbstsicher auf wie in der Nacht. Jedesmal, wenn auf der Treppe Schritte zu hören waren, zuckte sie zusammen.

»Das war eine Warnung.«

»Was?«

»Was er mir da angetan hat.«

»Kennen Sie ihn?«

So vergingen zwei Wochen. Schon am dritten Tag hatte er bei einem Trödler in der Rue du Temple ein Klappbett gekauft, das er abends im Eßzimmer aufschlug. Anfangs schlief er in diesem zu kurzen Bett und mußte seine Beine durch das Gitter stecken.

Sie schlurfte barfuß in seinem Morgenmantel, den sie mit Nadeln hochgesteckt hatte, durch die Wohnung, als es eines Morgens gegen elf an die Tür klopfte. Nachdem sie den Finger auf die Lippen gelegt und Jeantet flehentlich angesehen hatte, versteckte sie sich im Klo.

Der Besucher war Gordes, damals weniger schwergewichtig, auch weniger schweißglänzend, denn an jenem Tag fiel erfrischender Regen. Bevor er den Mund aufmachte, nahm er mit prüfendem Blick das Inventar des ganzen Raumes auf. Dann deutete er auf die Tür zum Eßzimmer und fragte:

»Ist sie dort?«

»Von wem reden Sie?«

Herablassend zeigte er seinen Ausweis.

»Die Dirne Moussu. Jeanne Moussu. Die von ihrem Macker vor zwei Wochen gezeichnet worden ist. Was haben Sie mit ihr vor?«

Er blieb die Antwort schuldig, weil es in jenem Augenblick auch gar keine mögliche Antwort gab.

»Heute ist Freitag, und sie war jetzt schon zweimal nicht bei der Untersuchung.«

Jeantet fragte naiv:

»Bei welcher Untersuchung?«

Der andere sah ihn an, als hätte er ein solches Phänomen noch nie erlebt.

»Bei der ärztlichen Kontrolle. Soll ich es Ihnen vielleicht auch noch aufzeichnen? Wenn eine Frau in der Kartei ist...«

Jeantet war sicher, daß Jeanne hinter der Tür horchte, und das war ihm peinlich.

»Und wenn sie nun aber gar keine Lust mehr hätte, in der Kartei zu sein?«

»Dann wäre das ein Fall, der mich nichts anginge. Dann müßte sie sich an die Sitte am Quai des Orfèvres wenden, aber mit einem ernsthaften Bürgen und einer ausreichenden Versorgung, und dort eine Reihe von Formalitäten erledigen...«

»Das wäre doch möglich, oder?«

»Gewiß doch! Gewiß doch! Alles ist möglich, sogar so etwas, wie Sie sagen. Gehen Sie einer geregelten Arbeit nach?«

Er untersuchte mit einem spöttischen Lächeln die Druckbuchstaben, die damals schon die Wände schmückten.

»Was machen Sie eigentlich genau?«

»Ich bin Zeichner.«

»Bringt das was ein?«

»Es reicht zum Leben.«

»Junggeselle?«

Der Inspektor lief mit seinem Hut auf dem Kopf hin

und her und wußte genauso gut wie sein Gesprächspartner, daß Jeanne hinter der Tür stand. Er ging zwischendurch absichtlich ganz nahe darauf zu und blieb gerade noch im letzten Moment stehen.

»Wie Sie meinen...«, schloß er dann seufzend.

Das war dann der Augenblick, da er sich aus dem zur Rue Sainte-Apolline hinausgehenden Fenster lehnte und abwechselnd auf das Hotel gegenüber und in das errötende Gesicht Jeantets blickte.

Schließlich sagte er noch:

»Nun, mich geht es ja nichts an... So eine Sache, die klappt höchstens in einem von tausend Fällen, aber es ist Ihr gutes Recht, daß auch Sie Ihr Glück probieren... Sie soll aber Kommissar Depreux aufsuchen, und wenn Sie sie begleiten, wird das die Sache erleichtern, bringen Sie dann Ihre Papiere mit, einschließlich Bestätigungen von den Leuten, für die Sie arbeiten... Vergessen Sie auch nicht ein polizeiliches Führungszeugnis... Dann müssen Sie nur, wenn der Kerl wiederkommt, sehen, woher Sie das Geld nehmen, um ihn auszuzahlen...«

»Ihn auszuzahlen wofür?«

»Wenn man in dem Milieu einem Mann die Frau wegnimmt, nimmt man ihm damit seinen Lebensunterhalt. Ganz normal, daß er dafür entschädigt werden muß...«

In diesem Augenblick ging die Tür auf und Jeanne sagte:

»Laß, Bernard... Der Inspektor hat recht...«

Sie duzten sich gerade erst seit drei Tagen. Als es zum ersten Mal geschah, ging er anschließend stundenlang durch die Straßen, um Klarheit in seine Gedanken zu bringen.

In den acht Jahren seither war er dem Inspektor mehrmals auf der Straße begegnet und hatte es, wann immer es ging, vermieden, ihm in die Augen zu sehen.

Monatelang hatten Jeanne und er sozusagen wie in einer Festung gelebt, und als sie dann endlich einmal mit ihm hinausging, hatte sie fast einen Schwindelanfall bekommen.

Erst anderthalb Jahre später fand dann ihre Heirat im Rathaus des 2. Arrondissements statt, mit zwei Unbekannten als Trauzeugen, die Jeantet, auf Anraten eines städtischen Beamten, aus einem nahegelegenen Bistro geholt hatte. Sie dienten außer bei Trauungen gewöhnlich auch bei Geburten und Sterbefällen als Zeugen, und der Bürgermeister oder sein Stellvertreter gaben dann vor, sie nicht zu kennen.

Die Neonreklame blinkte, hin und wieder fuhren auf der fast leeren Straße noch Busse und Autos vorüber, schneller als sonst, während die Stimmen der Passanten durch die stille Nacht verstärkt an sein Ohr drangen.

Gewiß standen drüben an der Tür des Stundenhotels, wo hin und wieder hinter einem Fenster Licht anging, ein paar Frauen, zwei oder drei, neue oder schon bekannte.

Er schlummerte nicht ein, schloß die Augen nicht, sondern verfolgte wie auf einer anatomischen Darstellung jede Nervenzuckung und das Pochen seines Blutes in den Adern.

Es durfte nicht wahr sein! Er wehrte sich aus tiefster Seele dagegen. Unmöglich, daß Inspektor Gordes nach acht Jahren recht bekommen sollte! Das war keine Geschichte zwischen zwei Männern. Hier ging es nicht um unterschiedliche Meinungen. Das Problem war viel größer als sie selbst, auch als Jeanne, und nahm in Jeantets Vorstellung kosmische Ausmaße an. Die ganze Welt, das Leben war in Frage gestellt, nicht das Leben eines Mannes und einer Frau, sondern das Leben schlechthin.

Acht Jahre hatten sie den Raum innerhalb dieser vier Wände mit ihrer eigenen Substanz gefüllt, hatten aus der seelenlosen Wohnung eine eigene Welt geschaffen, in der jede Kleinigkeit, jedes Molekül von ihnen geprägt war und ihnen ganz allein gehörte.

Nicht ihm oder ihr. Ihnen beiden.

Der Rhythmus ihrer Tage wurde nicht von der Uhr, nicht vom Sonnenaufgang oder Sonnenuntergang bestimmt. Sondern ihr innerster, ureigener Rhythmus, der sich allen anderen Regeln und Einflüssen entzog, hatte ihre Zeiteinteilung bestimmt.

So hätte er zu diesem Augenblick eigentlich mit Lesen beschäftigt sein müssen und dabei hören, wie Jeanne ihre Abendtoilette machte, bevor sie, fast ebenso scheu wie in den ersten Monaten, zum Gutenachtkuß kam und murmelte:

»Geh nicht zu spät schlafen.«

Und hatte der Inspektor ihm vorhin nicht einzuflüstern versucht, daß es damit zu Ende war, ihretwegen, weil sie nicht mehr wollte, daß es so weiterging?

Das alte Fräulein Couvert schlief über ihm im gleichen Zimmer wie Pierre, den man manchmal nachts, wenn er schlafwandelte, mit nackten Füßen auf dem

Boden gehen hörte. Die anderen Hausbewohner, die noch weiter oben wohnten und die er kaum vom Sehen kannte, schliefen gewiß ebenfalls. Die Büros des Gerichtsvollziehers waren leer, seine Wohnung lag in einem Vorort.

Es war ungerecht. Es war falsch. Endlich hatte er das richtige Wort gefunden und war sicher, daß er sich da nicht täuschte: Etwas an der ganzen Sache war von Grund auf falsch, es ging einfach nicht, daß Gordes recht bekam, auch wenn es noch so sehr danach aussah.

Jeanne war nicht weggelaufen. Jeanne hatte sich nicht aus freien Stücken von ihm getrennt. Zwar stimmte, daß sie die berühmte Ablösung nie bezahlt hatten, aber anders als der Inspektor annahm, war auch keiner je gekommen, um sie anzufordern.

Sie war lange Zeit auf der Hut gewesen und immer darauf gefaßt, daß jemand an die Tür klopfte. Aber jener Mann, dessen Namen Jeantet nie hatte erfahren wollen, war niemals aufgetaucht.

Wenn er nun zum Beispiel wegen einer Gefängnisstrafe daran gehindert gewesen und jetzt freigelassen worden wäre, hätte der Polizist es ihm doch wohl gesagt!

Falsch! Er mußte herausfinden, was daran von Grund auf falsch war! Jeanne befand sich nicht irgendwo in einem Zimmer mit einem Mann und auch nicht alleine. Sie irrte auch nicht durch die Straßen. Und in ihrem kleinen schwarzen Alltagskleid und den alten Schuhen war sie auch nicht in einen Zug gestiegen.

Gordes hatte in den drei nächstliegenden Krankenhäusern angerufen. Aber es gab ja auch noch andere in Paris, also erhob sich Jeantet schwerfällig und täppisch, als hätte er getrunken, machte Licht und blätterte blinzelnd im Telefonbuch.

»Hallo! ... Beaujon-Krankenhaus? ... Entschuldigen Sie, Mademoiselle ... Ich wollte Sie fragen ...«

»Geht es um eine Notaufnahme?«

»Nein ... Könnten Sie mir sagen, ob heute nachmittag eine junge Frau namens Jeanne Jeantet bei Ihnen eingeliefert worden ist ...«

»Wegen einer Operation?«

»Das weiß ich nicht ...«

»Wie wird der Name geschrieben?«

»J wie Joseph ... E wie Emil ...«

Dasselbe im Bichat, dann im Boucicaut-Krankenhaus.

Damit war er wenigstens beschäftigt. Er wiederholte geduldig:

»Nein, Mademoiselle ... Das weiß ich nicht ... J wie Joseph ... E wie Emil ...«

Jedesmal entschuldigte er sich und dankte.

»Hallo! ... Bretonneau-Krankenhaus? ... Nein, Mademoiselle, es geht nicht um eine Notaufnahme ... Ich möchte nur gern wissen ...«

Er starrte auf die Verbindungstür, und seine Augen wurden feucht.

»Danke, Mademoiselle ...«

Er vergaß, die zwei letzten Zigaretten seiner Tagesration zu rauchen.

»Hallo! ... Broca-Krankenhaus ...«

Danach kamen noch das Broussais ... Chauchard ... Claude-Bernard ... Cochin ... Rotkreuz ... Dubois ... Enfants-Assistés ...

Ein Windstoß ließ die Tür, die er vor sich sah, erzittern, und er hätte sich nicht gewundert, wenn ein Gespenst hereingekommen wäre.

Laennec ... La Pitié ... Lariboisière ...

Hunderte, Tausende von Betten mit Kranken, Sterbenden, Verunglückten, Körper, die man öffnete, Tote, die man mit dem Lastenaufzug hinunterfuhr ...

Seine Schwester Blanche arbeitete nicht eigentlich in einem Krankenhaus, sondern in einem Entbindungsheim am Boulevard du Port-Royal. Sie war drei Jahre jünger als er und lebte allein in einer Wohnung am Montsouris-Park. Seit er Jeanne geheiratet hatte, war der Kontakt zu ihr abgerissen.

Er hatte auch einen Bruder, einen älteren Bruder, mit Frau und drei Kindern in einem Einfamilienhaus in Alfortville. Er war stämmiger und kräftiger als Bernard und arbeitete als Mechaniker bei der Eisenbahn.

Er hatte auch noch seine Mutter, die sich durch ihre Wiederheirat einen Lebenswunsch erfüllt hatte, denn ihr neuer Ehemann besaß in Roubaix eine Kneipe am Kanal.

All diese Leute hatten nichts mit ihm zu tun, auch nicht mit der Wohnung am Boulevard Saint-Denis, wo keiner von ihnen je einen Fuß hingesetzt hatte.

Saint-Joseph ... Saint-Louis ... Nein! Der Inspektor hatte ja im Saint-Louis-Krankenhaus schon angerufen ... Salpétrière ... Tenon ... Trousseau ...

Das letzte: Vaugirard.

»J wie Joseph ... E wie Emil ...«

Als er diesmal den Mund aufmachte, um sich zu bedanken, kam nur noch ein Seufzer heraus, und er ließ den Kopf auf die verschränkten Arme sinken.

3

Gegen drei Uhr früh gab es irgendwo in der Gegend der Rue des Petites-Ecuries oder, soweit er es abschätzen konnte, bei der Rue du Paradis, einen großen Brand. Er war nicht zu Bett gegangen. Er saß noch immer in seinem Sessel, als er zwei Feuerwehrautos vor dem Haus vorbeifahren hörte, und eine Viertelstunde später dann noch eines, ein größeres. Als dann noch später auch der Wagen mit der großen Leiter, neben der auf beiden Seiten behelmte Männer saßen, vorüberfuhr, war er ans Fenster getreten und hatte gerade noch das letzte Auto gesehen, mit dem die offiziellen Vertreter an den Ort des Geschehens befördert wurden.

Die Boulevards waren fast ausgestorben, zu Füßen der Porte Saint-Denis miaute eine verlorene Katze jedesmal, wenn sie von ferne Schritte hörte. Aus der Richtung, in die die Feuerwehrleute gefahren waren, sah man weder Rauch noch Feuerschein, doch hörte er hin und wieder ein fernes Geräusch und eine Art Dröhnen, das er nicht genau deuten konnte.

Er zählte in der ganzen Nacht fünf Polizeiautos, die unter Sirenengeheul das Stadtviertel durchquerten. Keines von ihnen hielt irgendwo in der Nähe an. Die von ihm aus gesehen nächste Begebenheit fand wohl an der Place de la République statt, denn er hörte aus dieser Richtung den Widerhall eines Schusses.

Schlummerte er doch einmal ein, war er sich dessen

nicht bewußt; seine Augen standen weit offen, als der Himmel hell wurde und die ersten Müllmänner die Abfalleimer über die Gehsteige zogen.

Ein starkes Beruhigungsmittel oder ein Betäubungsmittel, Novokain zum Beispiel, vielleicht sogar Opium – er hatte keine Ahnung, denn er hatte es noch nie ausprobiert – hätte ihn wahrscheinlich in einen ähnlichen Zustand versetzt. Nicht, daß er unempfindlich geworden wäre. Sein Körper war sogar empfindlicher als sonst, vor allem die Augenlider. Trotzdem war er seelisch und körperlich wie betäubt, und über längere Zeiträume verwirrten sich seine Gedanken und seine Gefühle.

Auf diese Weise hatte er die Nacht hinter sich gebracht. Dann fing ein neuer Tag an. Und wieder eine Nacht. Die Zeit löste sich schließlich auf, die Stunden vergingen, dazwischen lag nichts und alles, eine mit Warten und manchmal grauen, manchmal farbigen Formen ausgefüllte Leere.

Wieviel Uhr war es, als er sich zum erstenmal eine Tasse Kaffee in der kleinen Küche kochte, wo er nach all den Jahren, in denen er nicht mehr allein gelebt hatte, nicht einmal mehr wußte, wo die Sachen waren? Die Sonne schien bereits, der Alltag mit all seinen Geräuschen hatte draußen schon begonnen, als er im Stehen drei Stück Zucker in seine Tasse warf, umrührte, die heiße Flüssigkeit an die Lippen setzte und als dabei ein Wort in seinem Kopf aufblitzte, das er, soweit seine Erinnerung reichte, noch niemals benutzt hatte: das Wort »Witwer«.

Ganz plötzlich hatte er das sichere Gefühl, daß er

Witwer geworden war, und das schien ihm ein ganz sonderbarer Zustand.

Er hörte Schritte über sich, erkannte diejenigen Pierres. Pierre, der so gern seine Hausaufgaben bei Jeanne machte.

Jetzt wurde ihm auch bewußt, daß er kein einziges Foto von ihr besaß, nicht einmal ein Paßfoto. Sie hatten nie einen Paß gebraucht. Sie verreisten nie. Er hatte es aufgegeben, mit seiner Frau in Urlaub zu fahren, nachdem sie eines Sommers, es war das Jahr, in dem sie geheiratet hatten, nach Dieppe gegangen waren und in einem überfüllten Hotel, wo kein Mensch ihnen einen freundlichen Blick schenkte, nur mit größter Mühe ein Bett gefunden hatten.

Er konnte nicht schwimmen und hatte in seinem ganzen Leben noch kein einziges Mal einen Badeanzug angehabt. Die Tiere, Kühe, Bienen, Hunde jagten ihm Angst ein, und er hatte auf dem Lande, auch wenn er sich noch so sehr zur Vernunft gemahnte, ständig das Gefühl, von feindlichen Kräften umgeben zu sein.

Er hatte gewartet, bis es acht Uhr war, und dann im Kommissariat angerufen. Inspektor Gordes, der in jener Woche Nachtdienst hatte, war schon weg.

»Ich verbinde Sie mit Inspektor Maillard ...«

Dieser hatte eine sympathische Stimme.

»Mein Kollege hat mich unterrichtet ... Nichts Neues natürlich ... Geben Sie mir Ihre Telefonnummer, ich rufe Sie an, wenn sich irgendetwas ergibt ...«

So horchte er nicht nur auf Geräusche im Treppenhaus, sondern auch auf den schwarzen Apparat auf seinem Tisch, der jeden Augenblick klingeln konnte.

Schritte waren schließlich zu hören, jugendliche, hüpfende, von oben, gegen halb zehn, und gleich darauf zaghaftes Klopfen an der Tür. Er machte dem Jungen die Tür auf und nahm bei der Gelegenheit die Milchflasche und das frische Baguette vom Treppenabsatz auf.

»Störe ich?« fragte Pierre und versuchte, dabei eine Besuchermiene aufzusetzen, ohne sich allerdings einen neugierigen Blick in die Runde zu verkneifen.

Er traute sich nicht zu fragen. Aber Jeantet erklärte:

»Sie ist nicht zurückgekommen.«

»Meinen Sie, sie hat einen Unfall gehabt?«

Er sagte nicht, daß er bei allen Krankenhäusern von Paris angerufen hatte.

»Vielleicht ist es ja nichts Schlimmes? Wenn es etwas Schlimmes wäre, hätte man Sie doch benachrichtigt, oder?«

Es war dem Jungen peinlich, gleich wieder zu gehen, so blieb er noch ein paar Minuten da, ohne etwas zu sagen oder zu tun, wie auf Krankenbesuch, und als er weg war und erleichtert die Treppe hinaufstürmte, legte sich Jeantet voll angekleidet auf die Couch, wo er schließlich einschlief. Als er wieder aufwachte, ließen die Geräusche unten auf der Caféterrasse darauf schließen, daß jetzt Mittagszeit war; er trank Milch, aß Butterbrot und eine Scheibe kaltes Kalbfleisch, die er in dem über dem Hof hängenden Fliegenschrank noch vorgefunden hatte.

Er sträubte sich dagegen, hinauszugehen und mitten unter den Passanten durch die Straßen zu irren, um Jeanne zu suchen. Er rasierte sich, machte Toilette, versuchte im Laufe des Nachmittags zu arbeiten, was ihm aber nicht gelang. Es hatte keinen Sinn. Er konnte es überhaupt nur aushalten, wenn er mit ausgestreckten Beinen und halbgeschlossenen Augen in seinem Sessel saß.

Das Telefon läutete immer noch nicht, und er war jetzt so isoliert, als wäre er nach einer Epidemie oder einem Massenexodus als einziger Bewohner von Paris übriggeblieben.

Wie viele Stunden dauerte dies nun schon? Am Mittwoch war es kurz nach sechs Uhr abends gewesen, als er bei seiner Rückkehr von der Rue François-Ier, vom Faubourg Saint-Honoré und der Druckerei an der Börse die Wohnung leer vorgefunden hatte. Zu dem Zeitpunkt war er noch optimistisch gewesen, denn er war immer wieder um den Häuserblock herum gegangen und hatte sich dabei jedesmal vorgestellt, daß Jeanne bei seiner Rückkehr da sein würde.

Die Nacht vom Mittwoch auf den Donnerstag... Dann der ganze Tag, der mit Nichtstun verging, wo alles in der Schwebe war... Er nicht einmal nachdachte, denn in Wirklichkeit dachte er gar nichts, und wenn ihm irgendwelche Bilder in den Sinn kamen, waren dies paradoxerweise vor allem Bilder aus seiner Kindheit in Roubaix, am Kanal, wo seine Mutter heute hinter der Theke einer Kneipe thronte... Er kannte diese Kneipe gut, sie existierte bereits, als er mit drei oder vier Jahren auf dem Gehsteig mit Murmeln spielte... Er konnte sich noch ganz genau an den Genevergeruch erinnern, in den sich noch ein anderer Geruch mischte, der des Teers, mit dem die Kähne eingelassen wurden... Die Schiffer, die aus der Kneipe kamen und über seine Murmeln stolperten, rochen nach Teer und nach Genever...

Wieder war es sechs Uhr abends, und unten auf der Caféterrasse drängten sich die schwitzenden Gäste und tranken Bier.

Er kochte sich noch einmal Kaffee; die Wörter »Kaffee« und »Witwer« verbanden sich in seinem Geist zu einem Wortpaar wie der Teer und der Schnaps in seiner Erinnerung. Würde er diese Gesten jetzt nicht wieder jeden Tag machen, sich wieder an die kleine Küche gewöhnen müssen, wo er erst einmal suchen mußte, bis er den Zucker oder die Streichhölzer fand?

Es waren noch drei Eier im Fliegenschrank, und als die Nacht hereinbrach, gab er sich einen Ruck und schlug sie in die Pfanne.

Inspektor Gordes, der jetzt wieder Dienst hatte, rief immer noch nicht an. Vor dem Stundenhotel in der Rue Sainte-Apolline stand an diesem Abend eine Dirne in weißem Kostüm, die er noch nie gesehen hatte und die mit ihren braunen Haaren und von der Figur her ein wenig an Jeanne erinnerte. Als am späten Abend die Menge aus den Kinos kam und auf die Metro zusteuerte, beschloß er, im Kommissariat anzurufen.

»Der Inspektor macht gerade seine Runde. Wir haben noch immer keine Meldung.«

Ob Gordes, nur um ihm zu beweisen, daß er recht behielt, sich auf die Suche nicht nach der toten, sondern nach der lebenden Jeanne gemacht hatte?

Er wollte sich nicht ausziehen, schlief aber voll angekleidet dennoch auf der Couch ein. Auf diese Weise flüchtete er sich nicht eindeutig in den Schlaf, was ihm feige erschienen wäre. Im übrigen hörte er auch weiterhin die Busse, sah die blinkende Leuchtreklame, unterschied die Stimmen der Passanten sowie das Pfeifen der Züge an der Gare de l'Est, was darauf schließen ließ, daß der Wind gedreht hatte.

Um sechs Uhr früh waren sechsunddreißig Stunden vergangen. Es war Freitag. Er mußte die Tage genau nachrechnen, um sicher zu sein. Pierre kam gegen acht Uhr wieder, setzte sich ernster als am Vortag auf einen Stuhl.

»Tun Sie nichts, um sie wiederzufinden?«

»Da gibt es nichts zu tun.«

»Und die Polizei?«

»Ich habe es der Polizei gestern ... nein vorgestern gemeldet ...«

Er brachte die Tage schon durcheinander. Er gab sich vor dem Kind geschäftig und hatte dabei den unangenehmen Eindruck, daß der Junge ihn vorwurfsvoll anblickte. Als würde er angeklagt, sagte er dann sogar:

»Ich habe alles getan, um sie glücklich zu machen ...«

Warum schwieg Pierre?

»Glaubst du nicht, daß sie glücklich war?«

»Doch ...«

Dieses Doch war für sein Gefühl nicht entschieden genug.

»Hast du sie mal weinen sehen?«

Es war ihm plötzlich bewußt geworden, daß Jeanne mit diesem Kind längere Gespräche geführt hatte als mit ihm. Oft hatte er sie, wenn er bei halb geöffneter

Tür in seiner Werkstatt arbeitete, halblaut miteinander reden hören und überlegte jetzt, worüber sie wohl gesprochen hatten.

»Hast du sie weinen sehen?« wiederholte er mißtrauisch.

»Selten.«

»Hat sie manchmal geweint?«

»Manchmal...«

»Warum?«

»Wenn sie ihre Sachen nicht gut machte...«

»Was für Sachen?«

»Was weiß ich... Ihre Arbeit... Irgendwas... Sie wollte immer alles perfekt haben...«

»Was hat sie über mich gesagt?«

»Daß Sie ein guter Mensch sind.«

Die Stimme klang kalt, und es störte ihn, daß der Junge ihn so prüfend ansah.

»Hat sie nie gesagt, daß unser Leben monoton war?«

»Sie meinte, daß Sie ein guter Mensch sind.«

»Und du?«

»Ich glaube schon.«

»Hat sie vielleicht hier in der Gegend jemanden gekannt, den ich nicht kannte?«

Er war böse auf sich selbst: er hatte so etwas wie Verrat an ihr begangen und sich unwillkürlich auf Gordes' Seite geschlagen. Er beeilte sich, seine Frage selber zu beantworten.

»Nein... wenn sie jemanden gekannt hätte, dann hätte sie mir davon erzählt... Sie hat mir alles erzählt...«

Er hätte gern von Pierre eine Bestätigung bekommen, aber dieser brach das Gespräch ab.

»Ich muß jetzt einkaufen gehen …«

Denn er machte die Besorgungen für die betagte Näherin, und während des ganzen Schuljahres sah man ihn schon vor dem Unterricht mit seinem Einkaufsnetz und seinem Zettel von Laden zu Laden laufen.

Im Laufe des Vormittags bemerkte Jeantet plötzlich, daß die Wanduhr stehengeblieben war, und zog sie auf. Er beugte sich gerade aus dem Fenster, um auf der großen Uhr über dem Schaufenster des Uhrengeschäfts die genaue Uhrzeit zu sehen, als eine Klingel schrillte, und während er so den Kopf hinausneigte, begriff er nicht sofort, daß endlich das Telefon läutete.

Es war siebzehn Minuten nach elf. Das Warten hatte einundvierzig Stunden gedauert.

»Bernard Jeantet?«

»Ja.«

»Hier ist der Kommissar vom …«

»Ich weiß.«

Er hatte die Stimme Inspektor Maillards und seine Art zu reden gleich wiedererkannt. Er wartete, wagte nicht, die Frage zu stellen, und es gab eine ziemlich lange Pause.

»Nun, ich glaube, es ist soweit … Ich habe Gordes zu Hause benachrichtigt, er geht gleich hin … Ich glaube, es wäre ganz gut, wenn auch Sie hingingen, um sie zu identifizieren …«

»Tot?«

»Ja … das heißt … Sie werden ja sehen …«

»Wo ist sie?«

»In der Rue de Berri, nicht weit von den Champs-Elysées... Dort finden Sie auf der rechten Seite ein Hotel mit einem merkwürdigen Namen... Das ›Hôtel Gardenia‹... Aber beeilen Sie sich, denn soviel ich weiß, lassen sie sie nicht mehr lange dort...«

Also war Jeanne tot! Das machte noch gar keinen Sinn. Es war blödsinnig. Er ging, nahm seinen Hut mit, vergaß aber die Tür zu schließen, die durch einen Luftzug zuknallte, während er die Treppe hinunterging. Er kam an der Portiersloge vorbei, sah die brennende Glühbirne am Kabel herunterhängen, den Mann, der draußen einen Stuhl ausbesserte und dabei eine alte Pfeife rauchte, die mit Draht repariert war.

Er bestieg ein rotes Taxi, das ein so niederes Verdeck hatte, daß er mit dem Kopf daranstieß.

»Rue de Berri...«

»Nummer?«

»Ins ›Hôtel...‹«

Zu dumm! Er hatte den Namen vergessen!

»Ein Blumennamen...«

»Ich weiß schon... Das ›Gardenia‹...«

Die Fahrt hätte ebensogut durch eine fremde Stadt gehen können, so wenig kannte er sich in dieser Gegend aus, durch die das Taxi nun fuhr. Die Straßen bildeten sonnige Einschnitte, in denen er wie durch eine Lupe helle Kleider und lachende Gesichter sah.

Das Auto hielt. Vor einer Glastür, über die sich eine Markise spannte, sah er einen Polizisten in Uniform. Es gab weder Neugierige noch Journalisten oder Fotografen; nur zwei kleine schwarze Polizeiautos standen am Straßenrand.

Die Hotelhalle war ziemlich klein, aber hell, die Wände waren mit Marmor verkleidet und die Empfangstheke aus Mahagoni, in den Ecken standen Grünpflanzen, und der mit Messingstangen befestigte Läufer auf der Treppe war von schöner roter Farbe.

Inspektor Gordes stand neben dem Büro und unterhielt sich, als Jeantet eintraf, gerade mit einer grauhaarigen Dame in einem schwarzen Seidenkleid.

»Kommen Sie her, Jeantet... Ich habe, um Zeit zu gewinnen, meinen Kollegen gebeten, Sie anzurufen... Ich war gerade zu Hause, als ich die Nachricht bekam...«

»Ist sie es?«

»Ich glaube schon.«

Er hatte den Hut auf dem Kopf und die Pfeife im Mundwinkel, aber sein Gesichtsausdruck hatte sich verändert, ebenso sein Blick, denn er starrte Jeantet jetzt an, als gäbe es da etwas, das er nicht begreifen konnte.

Das schwarze Gitter des Aufzugs schloß sich hinter ihnen, sie fuhren lautlos in den vierten Stock hinauf, wo sich auf dem Treppenabsatz und im Gang drei oder vier Männer und zwei Frauen in gestreiften Kittelschürzen stumm anblickten.

»Nummer 44...«, murmelte der Inspektor, um ihm die Richtung zu weisen.

Das Hotel war nicht groß, aber es herrschte eine behagliche, gepflegte Atmosphäre. Die Ziffern an den weißen Türen waren aus Messing oder Bronze, und auch hier lag ein roter Läufer und standen Grünpflanzen.

»Der Kommissar des Viertels hier ist schon eine ganze Weile da...«

Gordes stockte einen Augenblick.

»Ich hatte die Personenbeschreibung an alle Arrondissements durchgegeben und um sofortige Meldung gebeten... Leider ist das nicht gleich geschehen... Der Gerichtsarzt ist schon weg...«

Er schien sich versichern zu wollen, daß sein Begleiter stark genug war, um den Schock, der ihn nun erwartete, zu ertragen. Bevor er die Tür aufstieß, wischte er sich den Schweiß und nahm den Hut ab.

»Sie müssen stark sein!... Es ist kein schöner Anblick...«

Wegen dem Geruch hatte man die Fenster weit aufgerissen, um sich vor den neugierigen Blicken der Leute gegenüber zu schützen, aber die Läden zugeklappt, durch die nun nur schmale Sonnenstreifen hereindrangen. Die Deckenlampe brannte. Man hatte ein starkes Desinfektionsmittel verstreut.

Das erste Bild sah Jeantet in einem großen Spiegel, so daß das Schauspiel, das sich ihm bot, einen Moment lang ganz unwirklich war, wie ein verwackeltes Foto. Als er sich schließlich langsam dem breiten niederen Bett zuwandte, erstarrte er stumm.

Er sah ein weißes Kleid, das er nicht kannte, Füße, die in neuen, sehr feinen Schuhen steckten, Hände von undefinierbarer Farbe mit dunkelblauen Nägeln, die einen verwelkten Rosenstrauß hielten. Es lagen noch mehr Blumen über das Bett verstreut, als wäre hier eine Prozession durchgezogen, und die losgelösten Blütenblätter bildeten an einigen Stellen schon eine Art Mus.

Am liebsten hätte er gesagt: »Das ist sie nicht...«

Nein, nicht gesagt, geschrien und wäre dann, vor Freude mit den Armen fuchtelnd, hinausgelaufen. Aber der Kommissar zog nun das Handtuch beiseite, das über dem Gesicht lag, und Jeantet starrte wie betäubt auf Jeanne. Sie war es, mit aufgerissenen Augen, das Haar beidseitig über das Kopfkissen gebreitet, eine aufgedunsene Jeanne, deren Mund und Kinn mit einer dicken braunen Flüssigkeit bedeckt waren.

»Kommen Sie...«

Er wurde am Arm genommen und hinausgeführt. Auf dem Treppenabsatz sah er eine Bahre und einen groben Sack. Der Aufzug fuhr abwärts. Jeantet wurde von Grünpflanzen gestreift. Dann befanden sie sich auf der Straße, in der Sonne, Gordes und er, und der Inspektor, der ihn immer noch am Ellbogen führte, schob ihn in das Dunkel eines kleinen Cafés.

»Zwei Kognak!«

Jeantet leerte sein Glas.

»Noch einen?«

Er schüttelte den Kopf.

»Dann mir noch einen, bitte.«

Gordes trank aus, zahlte und geleitete Jeantet zu einem schwarzen Auto.

»Sie überlassen sie mir bis zwölf Uhr... Das müssen wir ausnützen... Am besten gehen wir in mein Büro...«

Unterwegs vermied er es, Fragen zu stellen, rauchte aber ununterbrochen und schlug ständig seine dicken Beine mal rechts, mal links herum übereinander.

Sie durchquerten nicht jenen Raum mit der langen

Theke, in dem sie sich das letzte Mal getroffen hatten. Der Inspektor führte ihn über eine staubige Treppe und dann durch ein Büro, in dem Männer in Hemdsärmeln arbeiteten. Er stieß eine Tür auf.

»Setzen Sie sich. Ich hatte Ihnen ja gesagt, daß es kein schöner Anblick sein würde. Sie hat nicht bedacht, daß die Verwesung durch die Blumen noch schneller vor sich geht. So etwas bedenken sie nie. Aber Sie haben sie doch trotzdem erkannt?«

Jeantet war nicht auf das Bett zugegangen und hatte sich, erleichtert, das aufgedunsene Gesicht auf dem Kopfkissen nicht mehr ansehen zu müssen, wegführen lassen, ohne sich Zeit für einen stummen Abschied zu nehmen.

»Wie fühlen Sie sich?«

»Weiß nicht.«

»Soll ich etwas zum Trinken heraufholen lassen?«

»Nein, danke.«

Er sagte immer noch danke, registrierte es auch in seinem Kopf.

»Waren Sie mir neulich abend böse?«

»Warum?«

»Wegen dem, was ich gesagt hatte.«

»Sie ist gestorben.«

»Wissen Sie, wie?«

Er schüttelte den Kopf.

»Sie hat ein ganzes Röhrchen Schlaftabletten geschluckt. Man hat das Röhrchen im Badezimmer gefunden und in einem Glas auf dem Nachttisch ein paar Tropfen einer hoch konzentrierten Flüssigkeit.«

Er hörte sich fragen:

»Wann?«

»Das werden wir nach der Autopsie wissen.«

Das Wort traf ihn nicht, löste keine Reaktion bei ihm aus.

»Jedenfalls besteht kein Zweifel, daß es sich um Selbstmord handelt.«

»Warum?«

»Weil sie allein in dem Zimmer war.«

»Seit wann?«

»Mittwoch.«

»Wieviel Uhr?«

»Sie kam um drei.«

Jeantet fragte noch einmal:

»Allein?«

»Allein. Um fünf hat sie eine Flasche Champagner bestellt.«

Er konnte nicht mehr folgen. Das Büro bekam trotz all seiner bürokratischen Nüchternheit etwas Irreales, wirkte wie eine im Nebel aufgebaute Kulisse mit Flächen, Linien, Geräuschen. Er wiederholte:

»Champagner?«

Es war doch absurd. Sie hatten nie Champagner getrunken, nicht einmal an ihrem Hochzeitstag. So etwas war ihm nie auch nur in den Sinn gekommen.

»Wenn Sie einen Blick in die linke Ecke des Zimmers geworfen hätten, wäre Ihnen dort auf einem Tischchen eine fast leere Champagnerflasche mit einem einzigen Kelch aufgefallen. Die Leute vom 8. Arrondissement arbeiten schon seit heute früh um neun an dem Fall.«

Am Mittwoch nachmittag um fünf Uhr hatte er sich noch in der Druckerei an der Börse aufgehalten und an der Druckform gearbeitet; es war die Uhrzeit, zu der Jeanne gewöhnlich hinunter ging und außer dem Nötigen fürs Abendessen seine Zeitung kaufte.

»Das Kleid...«, brachte er schließlich hervor und hob den Kopf mit gefurchter Stirn.

»Welches? Meinen Sie das schwarze Kleid...«

»Sie hatte ihr schwarzes Kleid an...«

»Das hat sie zusammen mit ihren alten Schuhen der Zimmerfrau geschenkt.«

»Wann?«

»Weiß nicht. Ich kann aber meine Kollegen fragen. Die werden Sie sicher auch noch ins Kommissariat des 8. Arrondissements vorladen.«

»Und das weiße Kleid?«

»Das gehörte ihr. Auch die anderen.«

»Welche anderen?«

»Die anderen Kleider. Vier Stück wurden im Schrank gefunden, ebenso Unterwäsche, Morgenröcke, Strümpfe, Schuhe, zwei oder drei Handtaschen.«

Er wäre am liebsten aufgesprungen, um den dicken Mann, der so ganz sanft und ohne Ironie auf ihn einsprach, wütend anzuschreien:

»Sie lügen!«

Alles war falsch, grundfalsch. Schon daß Jeanne nicht da war, paßte nicht mehr zu der ihm bekannten Wirklichkeit. Ihr Tod wurde für ihn geradezu ungehörig.

»Sie müssen wissen, Jeantet, daß Ihre Frau dieses Zimmer schon lange bewohnte. Schon über ein Jahr!«

»Bewohnte?«

»Nun, sie hatte es genommen, wenn Ihnen das lieber ist, sie hatte ihre Sachen dort und ging regelmäßig hin.«

»War das Zimmer auf ihren Namen gemietet?«

Fast hätte er sich noch korrigiert und gesagt: »Auf meinen Namen ...«

»Auf den Namen eines Mannes.«

»Welchen Mannes?«

»Ich bin vorerst noch nicht berechtigt, Ihnen den Namen zu nennen.«

»War das ihr Liebhaber?«

»Nach Auskunft des Hotelpersonals trafen sie sich einmal wöchentlich ...«

»Aber sie hat doch niemals anderswo geschlafen als zu Hause!«

»Man muß ja nicht unbedingt die Nacht im ›Gardenia‹ verbringen. Dieses Haus ist uns durchaus bekannt, viele Paare treffen sich dort nachmittags ...«

»Dann ist es doch möglich, daß dieser Mann ...«

»Nein! Ich kann mir denken, was Sie jetzt sagen wollen. Das Personal ist schon vernommen worden. Er hat das Hotel weder am Mittwoch, noch gestern und erst recht nicht heute betreten ... Man hat versucht, ihn anzurufen ... Er ist zur Zeit gar nicht in Paris ... Ja, er ist sogar weit weg von Frankreich ...

Außer dem Lieferanten, der die Blumen brachte, die Ihre Frau selber bestellt hatte, und dem Kellner, der um fünf Uhr den Champagner servierte, hat kein Mensch das Zimmer Nr. 44 betreten ... Sie hat den Wunsch geäußert, nicht gestört zu werden ... Am nächsten Tag, das heißt, gestern, am Donnerstag, hat die Zimmerfrau am späten Vormittag trotzdem mal an die Tür geklopft, dann aber, da sie keine Antwort erhielt, gedacht, daß ihr Gast noch schliefe ... Nachmittags hatte dann eine andere Zimmerfrau Dienst. Da sie überhaupt keine Anweisung bekommen hatte, kümmerte sie sich gar nicht um das Zimmer Nr. 44, weil sie es für unbewohnt hielt ... Erst heute morgen hat sich dann die erste Zimmerfrau beunruhigt ...«

»So daß Jeanne wahrscheinlich schon seit Mittwoch abend tot ist?«

»Heute abend, spätestens morgen früh werden wir es genau wissen.«

Der Inspektor klopfte seine Pfeife über dem Boden aus.

»Das ist alles, was ich Ihnen sagen kann. Vielleicht können Sie ja von meinen Kollegen des 8. Arrondissements etwas mehr erfahren. Vielleicht werden Sie auch beim Durchsehen ihrer Sachen und Unterlagen ...«

»Welche Unterlagen?«

»Ihre Korrespondenz ... Ihr Adressbuch ...«

»Sie schrieb niemandem.«

»Das bedeutet ja noch nicht, daß sie selber keine Briefe bekommen hat.«

»Sie hat nie Post erhalten.«

Wie hätte sie auch in ihrer Wohnung, wo jeder einzelne Gegenstand seinen genauen Platz hatte, irgend etwas vor ihm verbergen können? Sie lebten von morgens bis abends, von abends bis morgens zusammen: die Verbindungstüren standen offen, jeder hörte die kleinste Bewegung des anderen, wußte genau, was der andere machte.

So konnte er sich zum Beispiel noch genau erinnern,

wie Jeanne einmal gegen fünf Uhr nachmittags aus dem Nebenzimmer gerufen hatte:

»Paß auf, Bernard, das ist schon deine neunte Zigarette!«

Dabei hatte sie ihn gar nicht gesehen, sondern nur das Anreißen der Streichhölzer gehört und vielleicht den Rauch bis in ihr Zimmer gerochen!

Er erhob sich mit ausdruckslosem Gesicht.

»Brauchen Sie mich noch?«

»Im Augenblick nicht. Wie gesagt, Sie müssen jetzt stark sein!«

Und während Gordes ihn durch das angrenzende Büro hinausbegleitete, sagte er noch:

»Denken Sie daran... Einer von tausend Fällen... Wenn überhaupt!«

Das stimmte aber nicht! Jeantet protestierte nicht, weil er ja wußte, daß es keinen Sinn hatte, daß kein Mensch ihm glauben würde. Trotzdem hatte er seine eigene ganz genaue Vorstellung und war sicher, daß die anderen sich irrten. Vielleicht hatte Jeanne das Schlafmittel genommen. Sehr wahrscheinlich sogar, denn sie war ja tot. Vielleicht hatte sie auch allein eine Flasche Champagner ausgetrunken, um sich Mut zu machen. Möglich auch, daß sie auf die Idee gekommen war, Rosen auf der Bettdecke zu verstreuen und einen Strauß in die Hände zu nehmen, bevor sie...

Er blieb auf der Treppe stehen. Sie *war* tot. Erst jetzt wurde es ihm allmählich so richtig bewußt. Selbst heute morgen in dem Hotelzimmer in der Rue de Berri war alles noch so weit von seiner Realität entfernt gewesen.

Als er durch die Tür trat, vor der eine Reihe Fahrräder standen, hätte er fast einen kleinen Mann angerempelt, der gerade hereinkam. Er drehte sich noch einmal um, um sich zu versichern, daß dies tatsächlich jener Ausländer mit den verschiedenfarbigen Ausweisen war, der jetzt, auf sein Recht, seine Wahrheit und seine eigene Logik vertrauend, allein gegen alle, gegen die Gesetze und Vorschriften, gegen die ganze bürokratische Maschinerie einen neuen Angriff unternahm.

Seltsamerweise dachte er nicht an den Liebhaber. Von allen Dingen, die man ihm offenbart hatte, traf ihn dies am wenigsten. Am meisten Gedanken machte er sich wegen dem Kleid, dem schwarzen Kleid und den alten Schuhen, die Jeanne der Zimmerfrau gegeben hatte. Er hätte sie gern wiedergehabt und wäre am liebsten dorthin gelaufen, um sie zurückzufordern, sie notfalls zurückzukaufen.

Sie hatte sich weiß gekleidet. Sie war in einem Kleid gestorben, das er nie an ihr gesehen hatte, und trug eine Frisur, die er nicht kannte.

Sie hätte das schwarze Kleid doch mitsamt den Schuhen im Schrank oder in einer Ecke lassen können, was hätte ihr das schon ausgemacht?

Und dann war da noch etwas, worüber er sich wunderte, während er auf eine Bushaltestelle zuging und sich in die Schlange der Wartenden stellte. Es war Mittagessenszeit, und er spürte noch immer keinen Hunger. Es war am besten, auf der Stelle in die Rue de Berri zurückzufahren, um den Brief zu verlangen. Denn er war absolut sicher, daß Jeanne nicht von ihm gegangen war, ohne ihm zu schreiben. Alles würde sich aufklären.

Man hatte einfach versäumt, ihm ihre Nachricht zu übergeben. Das Hotelpersonal hatte vielleicht gar nicht erfahren, wer er war. Er blieb auf der Plattform stehen und fühlte sich jetzt irgendwie beruhigt, denn er würde gewiß bald alles erfahren. Nachdem er wieder ausgestiegen war, nahm er seinen gewohnten, ein wenig langsamen und gedehnten Gang auf.

Es stand kein Polizist mehr vor der Tür. Er trat ein. Die grauhaarige Dame vom Morgen war durch einen erheblich jüngeren Mann mit pomadisiertem Haar abgelöst worden, der die Abrechnungen überprüfte, als wäre er der Chef.

»Sie wünschen?«

»Mein Name ist Bernard Jeantet.«

Der Name schien ihm nichts zu sagen.

»Ja?«

»Ich war vor kurzem mit der Polizei hier, um die Leiche zu identifizieren . . .«

»Haben Sie etwas vergessen?«

»Bei der Toten handelt es sich um meine Frau.«

»Ich verstehe. Verzeihen Sie.«

»Ich bin ziemlich sicher, daß sie einen Brief für mich hinterlassen hat, einen Zettel, eine Botschaft . . .«

»Da müßten Sie sich ans Kommissariat wenden, denn die Herren haben eine Bestandsaufnahme des Zimmers gemacht. Sie haben eine Reihe von Sachen mitgenommen und die Tür versiegelt.«

»Waren Sie nicht dabei?«

»Ich war nicht einmal im Hotel.«

»Und Sie wissen auch nicht, wer dabei war, als die Polizei kam?«

»Bestimmt die zuständige Zimmerfrau, denn sie war es ja auch, die...«

»Ist sie noch hier?«

»Ich rufe sie.«

Ohne ihn aus den Augen zu lassen, sprach der Mann übers Haustelefon.

»Sie kommt gleich herunter...«, verkündete er dann.

Es war eine der Frauen, die Jeantet am Morgen in Dienstkleidung auf dem Treppenabsatz gesehen hatte.

»Monsieur Jeantet würde Ihnen gern eine Frage stellen.«

»Ich erkenne den Herrn wieder.«

»Wissen Sie vielleicht, ob die Polizei in dem Zimmer einen Brief gefunden hat?«

»Einen Brief?...« wiederholte sie nachdenklich.

»Oder einen Zettel... Irgendein Stückchen Papier... Sie sind doch als erste hineingegangen, nicht?«

»Ja... allerdings... Aber ich würde lieber nicht darüber reden, denn ich habe mich noch immer nicht ganz davon erholt... Einen Brief, sagen Sie?... Ich war so furchtbar durcheinander... Doch ja... Jetzt, da Sie darüber reden... Irgendwie war da was... Haben Sie denn nicht die Herren von der Polizei gefragt?«

»Noch nicht.«

»Das sollten Sie aber tun... Da war ein Sektkübel. Ich meine fast, daß davor auf dem Tablett etwas lag, etwas viereckiges Helles wie ein Briefumschlag... Warten Sie!... Jetzt erinnere ich mich, wie einer der Inspektoren ihn in die Hand nahm, einen Blick darauf warf und ihn in die Tasche steckte...«

»Sie wissen nicht mehr, wer das war?«

»Eine Weile waren sie zu acht in dem Zimmer...«

»Ich danke Ihnen.«

Jeantet wandte sich der Straße zu, kehrte dann aber noch einmal zurück, um der Zimmerfrau ein Trinkgeld zuzustecken.

»Oh! Das war nicht nötig...«

Jetzt brauchte er nur noch seinen Brief zu verlangen. Er hatte sich nicht getäuscht. Sie hatte ihm geschrieben, und alles würde sich aufklären.

4

Er wäre höchst erstaunt gewesen, wenn man ihm zwei Stunden vorher, zum Beispiel, als er aus dem alptraumhaften Zimmer Nr. 44 kam, oder auch am Vorabend, als er in seinem Zimmer bewegungslos darauf wartete, daß das Schicksal über ihn entschied, und er nur darum flehte, daß es schnell gehen sollte, ja, erstaunt und entrüstet wäre er gewesen, wenn man ihm vorhergesagt hätte, daß er an diesem Tag auf der Terrasse eines schikken Restaurants in der Rue de Ponthieu – das sich dann als ziemlich teuer erwies – zu Mittag speisen würde.

Er hatte nicht die Absicht gehabt. Zunächst war er ins Kommissariat des Roule-Viertels gegangen, das, nur zwei Schritte vom ›Hôtel Gardenia‹ entfernt, in der Rue de Berri lag. Dort herrschte genau die gleiche Atmosphäre wie auf dem Kommissariat in seinem Viertel, nur daß hier acht Leute auf der Bank saßen, fünf Halbwüchsige, ziemlich gleich gekleidet, und drei Dirnen.

Einen Augenblick lang hatte er befürchtet, daß man ihn auffordern würde, sich auf den noch leeren Platz am Ende der Bank zu setzen. Er hatte sich der Theke nur zögernd genähert, da er befürchtete, als einer angesehen zu werden, der sich vordrängte.

»Mein Name ist Bernard Jeantet. Ich bin der Ehemann der...«

»...der Selbstmörderin, ich weiß. Haben Sie schon Ihre Vorladung bekommen?«

Jetzt fing das wieder an.

»Welche Vorladung?«

»Ich meine, vorhin eine Vorladung mit Ihrem Namen gesehen zu haben. Ein Bote stellt sie gerade mit dem Rad zu. Wenn ich mich richtig erinnere, erwartet der Kommissar Sie morgen früh.«

»Ich möchte nichts vom Kommissar. Ich wollte nur zwei Worte mit den Inspektoren reden, die sich mit dem Fall befaßt haben.«

»Die sind gerade beim Essen. Höchstens, daß vielleicht Sauvegrain ... Warten Sie ...«

Er rief in Richtung einer halboffenen Tür, hinter der Schreibmaschinengeklapper zu hören war:

»Ist Sauvegrain noch da?«

»Er ist vor fünf Minuten mit Massombre weg ...«

»Geht es um etwas Persönliches, Monsieur Jeantet?«

»Ja ... Ich glaube schon ... Ich brauche eine Auskunft über das, was in dem Zimmer geschehen ist ...«

Der Wachtmeister runzelte die Stirn und brummte:

»Ach, ja ...«

Dann fuhr er, als ginge ihn das Ganze nichts an, fort:

»Dann kommen Sie um zwei wieder ... Oder am besten noch ein bißchen später, denn das war ein anstrengender Vormittag hier.«

Und als er dann wieder auf der Straße stand, überfiel ihn plötzlich ein Hungergefühl, wie schon seit drei Tagen nicht mehr. Während er die Gehsteige entlang ging, überraschte er sich dabei, wie er begehrliche Blicke in die Restaurants warf, und ließ sich dann in der Rue de Ponthieu von einer Terrasse verlocken, auf der rotgedeckte Tische standen. Daß nur drei Gäste, drei

Männer, auf der Terrasse saßen, bestärkte ihn in seinem Entschluß.

Zu Hause hatte er nichts zu essen. Da er um zwei Uhr auf dem Kommissariat sein wollte, blieb ihm auch keine Zeit, zur Porte Saint-Denis zurückzukehren und einzukaufen. Außerdem hatte er sein Leben als Witwer noch gar nicht organisiert, ja noch nicht einmal darüber nachgedacht, daß er dies wohl würde tun müssen.

Dies hier war ein Zwischenspiel, eine Mahlzeit, die nicht zählte und mit der er die Zeit überbrückte. Er fühlte sich etwas merkwürdig, als er sich ganz allein hinsetzte und dann die vervielfältigte Speisekarte studierte, die der Kellner ihm reichte. Die Preise versetzten ihm einen Schock, aber wie gesagt, dies war ja eine Ausnahme außerhalb der Routine – sowohl der früheren wie der künftigen. Es bestand keine Gefahr, daß dies hier zum Präzedenzfall würde.

Schon lange, schon seit Monaten hatte er nicht mehr im Restaurant gegessen, denn es war ihm zuwider oder beängstigte ihn vielleicht geradezu, aus seiner Existenz, die er genau durchorganisiert hatte, aus dem abgesteckten Rahmen auszubrechen, mit dem er sich gleichzeitig auch nach außen abgrenzte. Da er sich unbeholfen, ja lächerlich vorkam, bestellte er Gemischte Vorspeisen.

»Auch Melone und Parmaschinken?«

Er wagte nicht nein zu sagen, ebensowenig wie er es wagte, die flambierten Nieren abzulehnen, die man ihm anschließend empfahl.

Die drei Männer am Nachbartisch unterhielten sich über eine Reise, die zwei von ihnen am Nachmittag vorhatten. Sie wollten nach Cannes, und es war die

Rede von einem amerikanischen Auto, das irgendwo unterwegs unter rätselhaften Umständen ausgetauscht werden sollte. Handelte es sich dabei um ein gestohlenes Auto? Als er sich umdrehte, sah er noch andere Gäste, die ihm ebenso zwielichtig erschienen, und eine der Frauen, die auf den Barhockern saßen, blickte ihn an, als wartete sie nur auf einen Wink von ihm.

Diese Berührung mit einer Welt, die er ganz vergessen hatte und die er in Wirklichkeit nur aus den Zeitungen kannte, beeindruckte ihn.

Wie viele von den Millionen Menschen in Paris, unter denen er seit so vielen Jahren lebte, kannte er überhaupt? Er hatte seinen Bruder Lucien und seine Schwester Blanche als Kinder gekannt. Später hatte er sie dann wiedergesehen, Lucien verheiratet, Familienvater in seinem Reihenhaus von Alfortville, auf das er so stolz war, Blanche, die, immer noch unverheiratet, Hebamme geworden war und stets so ein Geheimnis aus allem machte, was sie betraf.

Seit acht Jahren besuchte er sie nicht mehr, obwohl er sich eigentlich nicht mit ihnen überworfen hatte. Eher war es so, daß er einfach vergaß, sie aufzusuchen.

Bei *Art et Vie* in der Rue François-Ier begegnete er jede Woche Journalisten, Kritikern, Zeichnern, manchmal auch bekannten Autoren, die wie er in dem Empfangszimmer warteten. Die meisten waren mehr oder weniger gut untereinander befreundet und unterhielten sich, während er mit seiner Aktentasche oder seiner großen Zeichenmappe neben dem Stuhl bewegungslos in seiner Ecke saß.

Er wartete, bis der Redaktionssekretär, Monsieur

Radel-Prévost, ihn vorließ, ein eleganter gutaussehender Mann in einem eindrucksvollen Büro, wo überall silbergerahmte Fotos seiner Frau, seines Sohnes und seiner Tochter zu sehen waren. Die Familie war außer der Zeitschrift seine einzige Passion, und nach der Arbeit raste er mit seinem Sportauto 30 Kilometer über die Landstraße, um schnell zu ihr zu kommen.

Einige der Fotos waren an einem Swimmingpool aufgenommen, der wahrscheinlich zu seiner Villa gehörte.

Sie begrüßten sich mit Handschlag, besprachen das Layout eines Artikels, die Ausgewogenheit einer farbigen Doppelseite, aber niemals persönliche Dinge. Nur einmal hatte Monsieur Radel-Prévost ihn gefragt:

»Haben Sie Kinder?«

»Nein.«

»Ach!«

Jeantet hatte schnell noch ergänzt:

»Ich hätte gern welche gehabt.«

Das stimmte vielleicht sogar, aber so sicher war er da nicht.

Jeanne hatte, selbst wenn sie vielleicht Kinder gewollt hätte, nie gewagt, mit ihm darüber zu sprechen, denn sie wußte ja, daß sie von ihm keine bekommen konnte.

Hier, nur zwei Schritte von den Champs-Elysées entfernt, fühlte er sich seinem eigenen Viertel so fern, daß er sich völlig verloren vorkam. Er war auch sicher, daß die Vorübergehenden ganz anders gekleidet waren und eine ganz andere Sprache sprachen, daß sie jedenfalls nicht der gleichen Kategorie angehörten wie die

Leute am Boulevard Saint-Denis. Er sah hin und wieder auf seine Armbanduhr, weil er befürchtete, zu spät zu kommen, als hätte er eine verbindliche Verabredung.

Und dann kannte er natürlich auch noch Mademoiselle Couvert, er wußte, daß sie die älteste Hausbewohnerin war und schon seit einundvierzig Jahren da lebte. Allerdings wußte er nicht, welcher Art ihre Beziehungen zu dem kleinen Jungen waren, dessen Familiennamen er nicht kannte.

Am Faubourg Saint-Honoré, wo Werbung für eine Reihe von Luxusgeschäften gemacht wurde, bekam er die beiden großen Chefs, die Gebrüder Blumstein, nie zu Gesicht, oder höchstens sah er sie einmal zufällig zwischen Tür und Angel. Alle sprachen vertraulich von Monsieur Max und Monsieur Henry. Er selber aber genügte sich damit, hinten in einem Gang, weit von den Salons und den Büros entfernt, in denen man die Kunden empfing, einen kahlköpfigen kleinen Mann aufzusuchen, der früher einmal Journalist gewesen war und jetzt die Texte und Slogans verfaßte, für die Jeantet das Layout zu machen hatte. Er hieß Charles Nicollet und war für ihn nun auch Monsieur Charles.

Nachdem er bei ihm fertig war, klopfte Jeantet jede Woche an einen Schalter, der sich in einem anderen Flur befand, und der Kassier verlangte dann zwei Unterschriften von ihm, bevor er ihm einen Scheck für die in der Woche zuvor abgelieferte Arbeit aushändigte.

Konnte er nun behaupten, Monsieur Charles zu kennen? Er wußte, daß dieser Magenpillen nahm und rötliche Haarbüschel in Nase und Ohren hatte. Aber wo und wie, mit wem, warum und mit welchen Hoffnungen er lebte, davon hatte Jeantet nicht die geringste Ahnung.

Auch in der Druckerei an der Börse ging alles ziemlich anonym zu; Männer in langen grauen Kitteln, deren Haut so grau war wie das Blei, mit dem sie den ganzen Tag hantierten, begegneten ihm mit einer gewissen Sympathie, die aber rein professionell war.

Diese Leute redeten ihn nun ihrerseits nicht mehr mit Monsieur Jeantet, sondern vertraulich mit Monsieur Bernard an. Sie achteten ihn, beneideten ihn wohl auch, weil er nicht den ganzen Tag unter dem blaugrünen Glasdach eingesperrt war, sondern nach ein oder zwei Stunden Arbeit am Drucktisch auf der Straße herumspazieren durfte.

Sonst kannte er tatsächlich niemanden. Gestalten. Gesichter. Die Milchhändlerin, Madame Dorin, und ihren Mann mit dem braunen Schnauzbart, der jeden Morgen um fünf zu den Markthallen fuhr, ihr rotgesichtiges Dienstmädchen, das die Milch austrug, den Metzger, die kratzbürstige Bäckersfrau, den elsäßischen Wirt des Bierlokals, eine ganze Menge Leute natürlich, die für ihn aber kaum mehr Konsistenz hatten als eine Reihe von Schülergesichtern auf jenen Klassenfotos, die am Ende jedes Schuljahrs gemacht werden.

Er kannte Jeanne. Und da wollte nun einer, der sie nicht kannte und von Berufs wegen alle Menschen in Kategorien einteilte, behaupten, sie besser zu kennen als er.

Aber schließlich war sie ja nun tot, nicht? Hatte

Inspektor Gordes am Mittwoch abend vielleicht nicht behauptet, daß sie noch lebte?

Heute früh hatte er ja einen menschlicheren Umgangston angeschlagen, weil man eben mit Leuten, die etwas Schlimmes erlebt hatten, immer auf eine bestimmte Art redete. Und trotzdem hatte er sich im letzten Augenblick nicht enthalten können, noch einmal auf seinen berühmten *einen Fall unter tausend* anzuspielen.

Jeantet aß und verfolgte dabei die Passanten mit den Blicken. Er hörte, ohne es sich anmerken zu lassen, immer noch dem Gespräch der drei Männer zu, die sich Armagnac zu ihrem Kaffee bestellt hatten. Er selber leerte, obwohl er gewöhnlich äußerst wenig Wein trank, die ganze feucht beschlagene Karaffe Weißwein, ohne es zu bemerken.

Er schob die Probleme noch von sich, mit denen er sich später, nach seiner Heimkehr in die Wohnung am Boulevard Saint-Denis, befassen mußte, um seine Einsamkeit irgendwie zu bewältigen. Zuerst galt es, die Sache mit dem Brief zu klären. Um fünf Minuten nach zwei stellte er sich wieder auf dem Kommissariat ein.

Der Wachtmeister, mit dem er schon zuvor geredet hatte, hob den Blick zur Wanduhr.

»Sie kommen ein bißchen zu früh...«

Auf der Bank sah er noch immer dieselben Leute in derselben Reihenfolge sitzen; einer der jungen Männer, dessen Hemdkragen weit aufklaffte, lehnte mit dem Kopf an der Wand und schlief mit offenem Mund.

»Kommen Sie... Ich führe Sie schon ins Inspektorenbüro...«

Er durchquerte eine Sperre und wurde in einen großen Raum geführt, in dem sechs Tische standen, sich aber kein Mensch befand. Man wies ihm einen Stuhl an.

»Setzen Sie sich. Es kann nicht mehr lange dauern . . .«

Auf einem der Tische, wo man die Schreibmaschine nach hinten geschoben hatte, sah er zu seiner Überraschung ein Durcheinander von Kleidern, Wäsche, Schuhen wie bei einem Auszug oder vor Antritt einer Reise liegen. Er traute sich nicht, aufzustehen, um sich alles näher anzusehen. Die Tür stand noch offen, und er wollte nicht bei einer Indiskretion ertappt werden. Waren dies die Kleider, von denen Gordes gesprochen und die man in dem Schrank gefunden hatte?

Sie unterschieden sich von den Kleidern, die Jeanne gewöhnlich trug, ebensosehr wie das Restaurant, in dem er soeben zu Mittag gegessen hatte, sich von der Fahrerkneipe in der Rue Sainte-Apolline unterschied. Alles war seidig, leicht, hell und geblümt und erinnerte mehr an Fotos in gewissen Zeitschriften oder Schauspielerinnen auf der Bühne als an die Frauen, denen man auf der Straße begegnete.

Die Schuhe hatten so hohe und spitze Absätze, daß man sich kaum vorstellen konnte, wie jemand darin gehen sollte; ein Paar war aus Silberlamé, Pantoffeln aus altrosa Samt daneben waren mit einem weißen Schwan verziert.

Er wischte sich den Schweiß ab, zögerte, eine Zigarette anzustecken, tat es dann nicht, obwohl überall auf den Tischen volle Aschenbecher standen.

Von nebenan waren Stimmen zu hören.

»Da wartet jemand im Büro ...«

»Wer?«

Getuschel. Man redete über ihn, den Ehemann, den Witwer. Zwei Männer kamen gleichzeitig herein, er war ziemlich sicher, sie am Morgen schon gesehen zu haben. Er erhob sich.

»Inspektor Massombre«, stellte sich der eine vor und setzte sich an seinen Schreibtisch, während der andere auf den Wandschrank im Hintergrund des Raumes zuging, um seine Jacke aufzuhängen.

Der Inspektor nahm eine Zigarette und hielt ihm sein Päckchen Gitanes hin.

»Rauchen Sie?«

»Ja, danke.«

Jeantet streckte ihm dafür ein brennendes Streichholz entgegen. Der Polizist war jünger als Gordes, eleganter, von einer Eleganz, die an jene seiner Tischnachbarn im Restaurant erinnerte.

»Ich höre, Sie wollten eine Auskunft von mir?«

»Waren Sie heute morgen in dem Hotel?«

»Sauvegrain und ich waren zuerst da.«

Aus seinem Blick zu schließen, war Sauvegrain der Kollege, der gerade seine Jacke ausgezogen hatte und sich jetzt daran machte, mit zwei Fingern auf der Schreibmaschine zu tippen.

»Dann haben Sie ja gewiß auch den Brief?«

Jeantet wandte Inspektor Sauvegrain nicht ganz den Rücken zu. Er sah ihn aber auch nicht von vorne. Er sah seine Gestalt nur am Rande seines Gesichtsfeldes. Trotzdem hatte er den deutlichen Eindruck, fast die Gewißheit, daß Sauvegrain mit einer mechanischen

Geste seine Taschen abtastete. Im übrigen verstummte auch das Maschinengeklapper für einen Augenblick.

Massombre wiederum zeigte sich erstaunt.

»Was für einen Brief meinen Sie denn?«

»Den Brief, den Sie auf dem Tischchen neben dem Sektkübel gefunden haben.«

»Ist dir davon etwas bekannt?«

»Was bekannt?«

Wollte der andere nicht nur Zeit damit gewinnen, daß er die Worte wiederholte?

»Von einem Brief, der neben dem Sektkübel gefunden worden ist?«

»Von wem?«

»Von wem?« wiederholte Massombre nun wieder an Jeantet gewandt.

»Das weiß ich nicht. Ich bin sicher, daß meine Frau mir geschrieben hat.«

»Sie hat ihren Brief vielleicht mit der Post geschickt?«

»Nein. Man hat ihn auf dem Tischchen gesehen.«

»Wer hat ihn gesehen?«

»Eine Zimmerfrau.«

»Welche?«

»Ich weiß nicht, wie sie heißt. Eine dunkelhaarige, ziemlich kräftige, nicht mehr ganz junge Frau, mit Akzent.«

»Und sie hat Ihnen etwas über den Brief erzählt? Sind Sie denn noch einmal zurück ins ›Gardenia‹?«

»Um zwölf, kurz nach zwölf. Danach kam ich sofort hierher, und der Wachtmeister hat mir gesagt...«

»Hast du mal die Bestandsaufnahme, Sauvegrain?«

»Ich bin gerade dabei, sie zu tippen. Willst du die Rohfassung?«

Er reichte ihm mit Bleistift vollgeschriebene Zettel. Der Inspektor bewegte die Lippen, während er die Liste durchging. Man konnte die Worte erraten. Soundso viele Kleider. Soundso viele Blusen. Soundso viel Paar Schuhe. Soundso viele Schlüpfer und Büstenhalter. Drei Handtaschen.

»Da steht nichts von einem Brief.«

Genau in dem Augenblick drehte Jeantet sich um und überraschte Inspektor Sauvegrain dabei, wie er die Tasche seines Jacketts im Wandschrank abtastete. War dies ein Zufall? Versuchte er nicht, ihn hinters Licht zu führen, indem er ein Taschentuch herauszog?

»Tut mir leid, Monsieur Jeantet. Ist mir schleierhaft, was diese Zimmerfrau meint. Hast du mal die Aussagen? Eine Frau mit Akzent, das ist doch sicher die Italienerin, Massoletti, wenn ich mich richtig erinnere...«

Man reichte ihm weitere Zettel, und wieder bewegten sich seine Lippen.

»Zu uns hat sie nichts von einem Brief gesagt. Was hat sie Ihnen denn genau erzählt? Warten Sie mal! Sie haben doch nach ihr gefragt, nehme ich an? Dann haben Sie ja wohl auch als erster von einem Brief gesprochen?«

»Ich bin sicher, daß meine Frau...«

»In dem Fall ist es doch wahrscheinlich, daß sie es bestätigt hat, um Ihnen Kummer zu ersparen...«

»Sie hat gesehen, wie ein Inspektor einen Umschlag in seine Tasche gesteckt hat.«

»Weiß sie auch, wer? Hat sie ihn beschrieben?«

»Nein.«

»Und hat sie betont, daß es sich dabei um einen Umschlag gehandelt hat?«

Schweißtropfen traten auf Jeantets Stirn. Er spürte, daß er mit jedem Wort Terrain verlor.

»Eigentlich nicht, aber ...«

»Wissen Sie, wir haben nicht den geringsten Grund, Ihnen als Ehemann irgend etwas zu verschweigen. Hatten Sie in Ihrer Ehe Gütergemeinschaft? Dies wird Sie der Kommissar morgen früh auch fragen.«

»Wir haben keinen Ehevertrag.«

»Also Gütergemeinschaft. In dem Fall gehört Ihnen alles, was Sie dort auf dem Tisch liegen sehen.«

Er deutete auf die Kleider- und Wäscheberge.

»Sobald die Formalitäten erledigt sind, können Sie ...«

Jeantet schüttelte den Kopf:

»Mich interessiert nur der Brief.«

»Wir suchen noch. Wir tun ja, was wir können ... Sauvegrain, sieh noch einmal genau nach, ob da nicht doch ein Brief dazwischengeraten ist ...«

Ein Inspektor kam herein.

»Du kommst wie gerufen, Varnier ... Hast du vielleicht heute früh im ›Gardenia‹ einen Brief gesehen?«

»Eine Zimmerfrau behauptet, daß da ein Brief auf einem Möbelstück lag.«

»Auf dem Tischchen neben der Champagnerflasche«, erläuterte Jeantet, der sich des Eindruckes nicht erwehren konnte, daß man seinen Brief immer mehr bagatellisieren wollte.

»Nichts gesehen.«

Sauvegrain, der die seidigen Stoffe abgestastet hatte, verkündete ebenfalls:

»Nicht das kleinste Fetzchen Papier.«

»Und in den Handtaschen?«

»Nichts. Übrigens habe ich nicht einmal einen Personalausweis zu Gesicht bekommen.«

»Meine Frau hatte aber einen dabei.«

»In einer dieser Handtaschen?«

»Nein. In der ihren.«

»Und wo ist denn diese Handtasche?«

»Das weiß ich auch nicht.«

»Hat sie sie nicht vielleicht zu Hause gelassen?«

»Nein.«

»War viel Geld drin?«

»Ein paar hundert Francs.«

»Das solltest du mal lieber vermerken, Sauvegrain.«

»Ist schon vermerkt.«

»Nimm es in den Bericht auf.«

Massombre zog ein Gesicht wie einer, der sich auf Unannehmlichkeiten gefaßt macht, und warf Jeantet einen zugleich höflichen und verdrossenen Blick zu.

»Seien Sie ganz beruhigt, wir sichern diesen Brief, wenn es ihn überhaupt gibt.«

»Es gibt ihn.«

»Da Sie schon hier sind, können Sie uns vielleicht sagen, ob Ihre Frau Angehörige hat.«

»Eltern und Geschwister ...«

»In Paris?«

»In Esnandes, bei La Rochelle.«

»Notierst du das mal, Sauvegrain?«

»Ja. Wie schreibt man das?«

Er buchstabierte.

»Ihr Name?«

»Moussu... Der Vater hat einen Mastpark...«

»Was ist denn das?«

»Er züchtet Muscheln an Pflöcken am Meeresufer...«

»Kennen Sie ihn?«

»Ich habe ihn nie gesehen, auch seine Frau nicht.«

»Wo fand Ihre Eheschließung statt?«

»Auf dem Rathaus des 2. Arrondissements.«

»Und die Eltern sind nicht gekommen?«

»Nein.«

»Waren sie dagegen?«

»Sie haben ihre schriftliche Einwilligung geschickt.«

»Hat ihre Tochter sie nie besucht?«

»In den letzten acht Jahren nicht. Ob vorher, weiß ich nicht.«

»Hat sie auch Verwandte in Paris?«

»Sie hat mir etwas von einem Bruder erzählt, der offenbar Zahnarzt in einem Vorort ist.«

»Und den hat sie auch nicht besucht?«

»Soweit ich weiß nicht.«

»Sonst noch jemand?«

»Vier oder fünf Schwestern und noch ein Bruder, alle in Charente-Maritime.«

»Die Angehörigen müssen vor der Beisetzung benachrichtigt werden. Könnten Sie das übernehmen?«

Daran hatte er nicht gedacht. Bei dem Wort »Beisetzung« zog er die Brauen zusammen, denn er ahnte Schwierigkeiten, vor denen ihm graute.

»Wie wird sich das abspielen?« fragte er.

»Was meinen Sie?«

»Morgen... Nach...«

»Nach was?«

»Inspektor Gordes hat mir etwas von einer Autopsie gesagt.«

»Ja. Die findet heute abend statt. Sobald Sie morgen früh beim Kommissar waren und einige Formulare unterschrieben haben, können Sie über den Leichnam verfügen...«

Er fühlte sich von den Blicken dieser drei Männer peinlich berührt, die ihn alle drei als ein Phänomen zu betrachten schienen und sich hin und wieder verständnisinnig ansahen.

Nicht anders, als wenn er geantwortet hätte: »Und was soll ich damit?«

Er schwieg, aber die Frage war von seinen Augen abzulesen. Seine Hände waren feucht. Er fühlte sich ebenso verloren wie damals, als er splitternackt unter allgemeinem Gelächter vor den Musterungsausschuß trat und vor Scham wegen seines unproportionierten, allzu weißen Körpers fast verging.

»Sind Sie in Paris geboren?«

»In Roubaix.«

»Dann haben Sie ja wohl kein Familiengrab auf einem Pariser Friedhof?«

Er schüttelte erschreckt den Kopf.

»Sie und die Angehörigen können alles selber entscheiden. Vor allem aber Sie als Ehemann haben alle Rechte. Wenn Sie sich darum kümmern, könnte sie auf dem Friedhof von Ivry beerdigt werden, und in dem

Fall würde ich Ihnen raten, sich so schnell wie möglich an ein Beerdigungsinstitut zu wenden, das alle Formalitäten erledigt. Wenn ihre Angehörigen sie aber lieber mit in die Charente nehmen wollen und Sie damit einverstanden sind, müßte man sich um die Überführung kümmern, und das dürfte bei der Hitze und noch dazu in der Ferienzeit gar nicht leicht sein. Außerdem weiß ich nicht, ob bei dem Zustand der ... des ...«

Er wagte das Wort »Leichnam« nicht auszusprechen.

»... ob unter diesen Umständen die Eisenbahn bereit ist ...«

Jeantets Blick war durch den Schweiß verschleiert, der ihm von den Brauen rann.

»Was die Abholung der Toten betrifft, entscheiden ebenfalls Sie, unabhängig davon, ob die Beerdigung in Ivry oder in der Provinz stattfinden soll. Haben Sie die Absicht, sie mit nach Hause zu nehmen?«

Da er auf diese Frage nicht im geringsten vorbereitet war, hatte er Mühe, sie überhaupt zu verstehen. Er war noch mit der Vergangenheit beschäftigt, mit ihrer beider Leben in der Wohnung an der Porte Saint-Denis, mit dem Brief, und da stellte man ihm nun ganz präzise Fragen, auf die er keine Antwort wußte.

»Ich verlange keineswegs, daß Sie sich sofort entscheiden, und es geht mich im übrigen auch gar nichts an. Ich habe mir nur deshalb erlaubt, davon zu reden, damit Sie sich darüber Gedanken machen können. Im allgemeinen haben die Familien eine Abneigung dagegen, daß der Trauerzug vom Gerichtsmedizinischen Institut abgeht ...«

Massombre erhob sich und streckte ihm die Hand

hin. Die beiden anderen blieben sitzen. Beim Hinausgehen suchte Jeantet Sauvegrains Blick und war überzeugt, daß dieser sich absichtlich tief über seine Schreibmaschine beugte.

Beim Mittagessen hatte er sich wohlgefühlt, fast auch einen Kontakt zu seiner Umwelt gespürt, so daß er glaubte, daß der Übergang nicht allzu schwierig werden würde. Da er nun als Witwer leben mußte, würde er sich bemühen, sich an diesen neuen Zustand zu gewöhnen, trotzdem aber die Erinnerung an Jeanne wachhalten, denn sie würde ihren Platz in seinem Leben behalten. Das hatte er ihnen natürlich nicht zu erklären versucht, denn sie hätten es gewiß nicht verstanden.

Und nun hatte man ihn wieder ganz aus dem Konzept gebracht. Zum Glück konnte er schon deshalb nicht völlig den Boden unter den Füßen verlieren, weil es eine ganze Reihe von Dingen zu erledigen gab. Als erstes mußte er in einem Postamt mit Druckbuchstaben ein Telegramm aufsetzen:

An Monsieur und Madame Germain Moussu, Esnandes (Charente-Maritime). – Jeanne verstorben. Stop. Erwarte Anweisungen für Bestattung. Stop. Bernard Jeantet.

Mehr hatte er nicht zu sagen, auch jede Floskel erübrigte sich. Er kannte die Leute nicht. Er ging den Faubourg Saint-Honoré hinunter, genau wie am Mittwoch, betrat diesmal aber nicht jenes Gebäude, in dem die Büros der Gebrüder Blumstein zwei ganze Stockwerke einnahmen.

Er hatte versprochen, für die Firma bis zum nächsten Mittwoch eine dringende Arbeit zu liefern, und die würde er ja wohl auch ausführen müssen, vielleicht nicht gleich morgen wegen seiner Verabredung mit dem Kommissar und allem, was sich daraus ergeben würde, aber zum Beispiel dann am Sonntag.

Er erinnerte sich an ein Bestattungsinstitut an den Boulevards, verbrachte dort über eine halbe Stunde und kam schließlich mit einem Wust von Prospekten und Preislisten in den Taschen wieder heraus.

Er hatte sich keine Entscheidung abringen lassen, sondern lediglich einen Eichensarg bestellt, und der Angestellte hatte versprochen, persönlich ins Gerichtsmedizinische Institut zu gehen, das ihm sehr vertraut schien, um an dem Leichnam Maß zu nehmen.

Man sprach von »Leichnam«. Man redete von der »Verstorbenen«. Das kam ihm merkwürdig vor, aber die Worte schockierten ihn nicht, lösten keine Gemütsbewegung bei ihm aus. Es war alles ganz unwirklich und betraf ihn eigentlich nicht. Man hätte sich ebensogut über eine vollkommen fremde Person unterhalten können.

Als man ihm vorhin auf dem Kommissariat der Rue de Berri gewissermaßen zwei Friedhöfe zur Auswahl nannte, hätte er am liebsten ungeduldig ausgerufen: »Macht doch, was ihr wollt!«

Der Angestellte des Bestattungsinstituts hatte Jeantet womöglich für einen hartherzigen Mann gehalten, der sogar froh darüber war, seine Frau losgeworden zu sein.

Immer wieder behandelte man ihn als Außenseiter,

Sonderling, als ein Phänomen, und nur weil er nicht den Mut aufgebracht hatte, seine Sache konsequent zu vertreten, mußte er jetzt wohl damit rechnen, daß man ihm am nächsten Tag die Leiche nach Hause bringen würde.

Das versetzte ihm einen Schock, warum, wußte er selber nicht so genau.

Jedenfalls lag es nicht, wie die anderen vielleicht vermuteten, an dieser Hotel- und Selbstmordgeschichte.

Wenn Jeanne am Boulevard Saint-Denis in seinen Armen gestorben wäre, vielleicht schon...

Aber selbst dann!... Nein! Dieser Leichenbestatter hatte ihm Fotos von Aufbahrungen gezeigt, von Trauerbehängen mit silbernen Initialen für die Haustür. Für welche der beiden Türen denn? Für das dunkle Loch neben der Caféterrasse auf der Boulevardseite? Oder lieber für den Eingang gegenüber dem Stundenhotel in der Rue Sainte-Apolline?

Man hatte ihm auch etwas von einem Tisch für den Sarg erzählt und dabei schnell hinzugefügt, daß man jederzeit, falls Jeantet nicht über einen solchen Tisch verfüge, Böcke liefern könne.

In welchem Raum sollte man das alles aufstellen? In der Werkstatt? Im Eßzimmer, was ja logischer wäre, da dies Jeannes Reich gewesen war? Aber war das Eßzimmer nicht viel zu klein?

Und wozu eigentlich? Für ihn? Wie lange sollte er denn ganz allein um einen von zwei brennenden Kerzen flankierten Sarg herumtanzen...

Er hatte fast schon keine Lust mehr, überhaupt noch nach Hause zu gehen. Den Brief vergaß er nicht. Er dachte mehr denn je daran, seit er einen ganz spezifischen Verdacht, ja ein Indiz hatte.

Zugegeben, er hatte die italienische Zimmerfrau zuerst eine Weile ausgefragt, bis sie sich an diesen Brief, oder einen Zettel, oder einen Umschlag, was genau es war, wußte sie nicht mehr, erinnern konnte. Aber hatte sie sich dann nicht von sich aus an diese Geste erinnert, mit der ein Inspektor den Gegenstand neben der Champagnerflasche, wie um zu lesen, in die Hand genommen, einen Blick darauf geworfen und ihn dann in die Tasche gesteckt hatte.

Jeantet behauptete ja gar nicht, daß dahinter irgendeine Absicht stand. Er klagte keinen an. Es war gewiß eine mechanische, ganz natürliche Geste gewesen. Mehrere Leute hatten gleichzeitig das Zimmer durchsucht, Indizien gesammelt und all das beiseite gelegt, was für den Bericht von Bedeutung war. Schließlich hatten sie ja die Kleider, die Wäsche, Schuhe und Handtaschen mitgenommen, das Glas und das Tablettenröhrchen ins Laboratorium geschickt. Anschließend würden sie sich auch noch um den Brief kümmern...

Der Beweis dafür, daß er sich nicht irrte und sich nicht einfach alles bloß einbildete, war, daß Sauvegrain plötzlich peinlich berührt schien, als im Kommissariat die Rede auf diesen Brief kam. Er hatte sich die Frage noch einmal wiederholen lassen, obwohl er zweifellos aufmerksam zugehört hatte. Er war mit der Hand in die Tasche gefahren, und kurz darauf hatte Jeantet ihn am Wandschrank überrascht, wo er vorgab, sich ein Taschentuch zu holen.

Die Wahrheit war doch die, daß er den Brief eingesteckt hatte und sich jetzt nicht mehr erinnerte, wo er ihn gelassen hatte. Und das wollte er nicht zugeben. Wahrscheinlich suchte er jetzt überall danach, aber wenn er ihn nicht fand, mußte man darauf gefaßt sein, daß er heftig leugnen würde.

Jeantet hatte beschlossen, ihn in die Enge zu treiben. Schlimmstenfalls würde er eine Konfrontation mit der Zimmerfrau herbeiführen, und daß diese ihn wiedererkennen würde, war mehr als wahrscheinlich.

Sollten sie die Leiche ruhig behalten, wenn ihnen das soviel Spaß machte, aber den Brief mußten sie herausrücken. Der gehörte ihm. Er besaß kein einziges Foto von Jeanne. Er würde sich weder das schwarze Kleid noch ihre alte Handtasche zurückholen, die mitsamt ihrem Personalausweis verschwunden war.

Damit fand er sich ab, aber nur unter der Bedingung, daß er den Brief bekam.

Er ging weiter, ohne zu bemerken, daß die Passanten sich nach ihm umdrehten, weil er mit seinen weitausholenden schlaffen Schritten, ohne jemanden zu sehen, vorüberzog, den Blick in die Ferne gerichtet, und zwar so gerade, so starr, daß manch einer neugierig in die gleiche Richtung sah, zu seiner Enttäuschung aber anstatt eines außergewöhnlichen Schauspiels nur Häuserreihen, einen gewittrigen Himmelsstreifen, Busse, Autos und Tausende von großen, kleinen, dicken, dünnen, dunkel oder hellgekleideten Menschenwesen erblickte, die in alle Himmelsrichtungen strömten.

Dies alles verschwand mit einem Schlag wie in der Versenkung, als er den dunklen Hof durchquerte, wo der Mann der Concierge immer noch mit dem Reparieren des Stuhls beschäftigt war, und Jeantet dann die Treppe hinaufstieg, wo seine Füße jede Stufe kannten.

Die Vorladung, die man unter seiner Tür durchgeschoben hatte, war gelb. Er hob sie auf, hängte den Hut an seinen Platz über dem Regenmantel, setzte sich in seinen Ledersessel, streckte die Beine aus und starrte an die Wand.

5

In jener Nacht konnte er ausgekleidet und unter der Bettdecke schlafen, denn er brauchte auf nichts mehr zu warten.

Wegen Mademoiselle Couvert hatte er nicht zu Hause zu Abend gegessen, wie es ursprünglich seine Absicht gewesen war, denn schließlich mußte er sich ja wieder daran gewöhnen, seine Mahlzeiten selber zuzubereiten und alleine zu essen. Als er aber dann gerade hinuntergehen wollte, um in den umliegenden Geschäften Lebensmittel zu besorgen, hatte Pierre an die Tür geklopft. Noch während er in seinem Sessel saß, hatte er im Geiste die Liste all der fehlenden Dinge aufgestellt und sich zurechtgelegt, was er Madame Dorin, der Bäckersfrau, dem Metzger auf ihre Fragen antworten würde.

»Komm herein, Pierre.«

Der Junge rührte sich nicht, sondern blieb, während seine Hand noch den Klingelknopf berührte, im Türrahmen stehen und sah ihn an, als wäre er jetzt ein ganz anderer Mensch geworden, ein seltsames Wesen. Dann sagte er mit völlig unpersönlicher Stimme:

»Mademoiselle Couvert bittet Sie heraufzukommen.«

Gleich darauf war er die Treppe wieder hinaufgestürmt. Jeantet war ihm langsam gefolgt, und da die Tür angelehnt war, hielt er es für besser, anzuklopfen.

»Herein.«

Auch die Stimme der alten Jungfer hatte sich verändert. Er spürte sofort, daß etwas Unangenehmes auf ihn zukam. Er merkte, daß sie geweint hatte, denn sie schniefte und hielt ein Taschentuch in der Hand. Ihre Brille mit den dicken Gläsern und der Stahlfassung lag vor ihr auf einer aufgeschlagenen Zeitung.

Er hatte den Geruch dieser Wohnung nie gemocht und eigentlich auch die Näherin nicht, aber Jeanne und selbst Pierre zuliebe hatte er es sich nie anmerken lassen.

Sie sah ihn nicht an, sondern hatte den Kopf der Zeitung zugewandt, absichtlich, denn sie gehörte zu denen, die nichts ohne Absicht tun.

»Wann haben Sie es erfahren?« fragte sie.

»Heute früh...«

»Und da konnten Sie nicht heraufkommen und es mir sagen?«

Sie putzte ihre Nase und wischte die Augen.

»Mußte Pierrot mir erst die Zeitung vorlesen, damit auch ich es erfuhr?«

Der Junge beobachtete von der Fensterecke aus, wo er stand, Jeantet unablässig mit geradezu feindseliger Neugier.

»Ich sitze hier und mache mir Sorgen. Ich schicke den Jungen pausenlos hinunter, um Neuigkeiten zu erfahren, und da muß ich nun plötzlich...«

»Sie müssen mich entschuldigen. Ich hatte sehr viel zu erledigen und war fast den ganzen Tag weg...«

»Haben Sie erfahren, ob sie noch gelitten hat?«

Es war ihm peinlich, daß er daran nicht gedacht hatte,

und wußte nicht, was er antworten sollte. Er versuchte weiterhin, sich unbeholfen zu verteidigen.

»Wissen Sie, es gab soviele Formalitäten zu erledigen...«

»Wie sieht sie aus?«

Er warf einen Blick auf Pierre und schwieg. Ob sie sein Schweigen jetzt als Gleichgültigkeit deutete?

»Wann wird sie nach Hause gebracht?«

»Das ist noch nicht entschieden. Ich muß morgen früh zum Polizeikommissar. Den Eltern habe ich ein Telegramm geschickt.«

»Haben Sie auch ihren Bruder benachrichtigt?«

»Ich weiß nicht, wo er wohnt.«

»In Issy-les-Moulineaux.«

»Hat sie Ihnen das gesagt?«

»Sie hat mir oft von ihm erzählt, ebenso von einer Schwester, die in England verheiratet ist.«

»Sie hat eine verheiratete Schwester in England?«

»In besten Verhältnissen sogar, sie hat einen Großgrundbesitzer geheiratet, der Parforcejagden macht.«

Davon hatte er keine Ahnung, und statt ihn deshalb zu bedauern, schien sie ihm seine Unwissenheit auch noch zum Vorwurf zu machen. Vielleicht stimmten diese Geschichten über Bruder und Schwester ja gar nicht. Auch ihm hatte sie anfangs so manches erzählt.

»Sie hat mit mir weniger gesprochen als mit Ihnen...«, murmelte er in der Meinung, ihr damit gefällig zu sein.

Aber da irrte er sich. Die Gesichtszüge der Alten verhärteten sich, als wüßte sie noch eine Menge Dinge, über die sie aber lieber schwieg.

»Ich habe alles getan, um sie glücklich zu machen ...«

Es klang wie eine Verteidigung. Das war nicht gut. Pierre nahm sie beide abwechselnd aufs Korn und schien alles zu verstehen. Mademoiselle Couvert schwieg einen Augenblick, bevor sie eine passende Antwort fand:

»Sie hat nicht einmal versucht, glücklich zu sein.«

Vielleicht machte er jetzt wieder einen Fehler, weil er nicht fragte, was sie eigentlich genau meinte. Sie hatte nicht einfach in die Luft gesprochen und war auf Fragen gefaßt. Gott weiß, was sie noch alles gegen ihn im Schilde führte.

Da er stumm dastand, sagte sie schließlich seufzend:

»Nun ja! ...«

Und fuhr dann auf die Zeitung deutend fort:

»Haben Sie das gelesen?«

Er hatte nichts gelesen. Er war nicht so neugierig gewesen, in diesen drei Tagen die Zeitung aufzuschlagen. Er überflog die wenigen Zeilen über den Fall, auf Seite drei unten:

»Eine gewisse Jeanne Jeantet, geb. Moussu, 28 Jahre alt, verheiratet, ohne Kinder, wohnhaft am Boulevard Saint-Denis in Paris, hat in einem Hotelzimmer in der Rue de Berri Selbstmord verübt, indem sie den Inhalt eines Röhrchens Gardenal schluckte.«

Weder der Champagner noch die Kleider fanden Erwähnung, doch hieß es in der Zeitung weiter:

»Bevor sie sich niederlegte, hat die Verzweifelte ihr Totenbett mit Rosen bedeckt, und als man sie auffand, hielt sie einen großen Strauß in den Händen.«

Er wollte seinen Besuch bei der Alten nicht noch länger ausdehnen. Sie versuchte nicht, ihn zurückzuhalten. Sie hatte gesagt, was sie zu sagen hatte, und er verstand, daß ihre Beziehungen künftig noch frostiger würden.

Das störte ihn zwar nicht, aber er deutete es als ein Zeichen. Ohne besonderen Grund war man ihm böse, als wäre er schuld an dem, was geschehen war.

Er hatte jetzt keinen Mut mehr, sich der Milchhändlerin, vor allem aber der Bäckersfrau mit ihrem unerbittlichen Ausdruck und den stahlgrauen Augen in ihrem unglaublich weißen Gesicht zu stellen. Bestimmt hatten alle Geschäftsleute die Nachricht in der Zeitung gelesen oder zumindest davon gehört.

Auch die Polizisten hatten ihn auf eine so merkwürdige hintergründige Art angesehen. Vielleicht lag es ja an ihm, weil er nicht die einem solchen Fall angemessene Haltung eingenommen hatte?

Er zog es vor, zum Abendessen in eines der kleinen Restaurants in der Nähe der Place de la République zu gehen, wo das Tagesmenu mit Kreide auf einer Schiefertafel stand und die Bedienerin ein schwarzes Kleid trug, das an ihrem müden Körper bis zu ihren schmutzigen Beinen herunterhing. Er aß eine Art Ragout mit Spinat und danach saure Pflaumen. Es war ihm gleichgültig. Er starrte weiter vor sich hin, doch nicht etwa, weil er nachgedacht hätte. In Wahrheit fühlte er sich im Nirgendwo. Er befand sich nicht in der Wirklichkeit, sondern schwebte zwischen der Vergangenheit und der Zukunft. Kurz, es gab für ihn keine Gegenwart.

Er schlug sein Bett auf, kleidete sich aus, zog die

Vorhänge zu, hörte das Absatzklappern der Dirnen auf dem Trottoir gegenüber, die in jede Richtung immer gleich viele Schritte machten.

Der Gedanke an die Beisetzung quälte ihn und nahm beängstigende Proportionen an. Trotzdem schlief er schließlich ein, und als um sieben Uhr früh der Wecker ging, erinnerte er sich nicht mehr an den Verlauf der Nacht.

Es war noch etwas gemahlener Kaffee in der Dose, nicht viel, gerade genug für zwei Tassen. Brot und Milch fand er vor der Tür. Da es im Fliegenschrank keine Butter mehr gab, nahm er die Aprikosenmarmelade, die Jeanne für sich kaufte, gewöhnlich aß er keine.

Der Himmel war jetzt fast einheitlich grau. Vielleicht hatte es irgendwo ein Gewitter gegeben, in Paris jedenfalls nicht, wo es heißer und stickiger denn je war. Dicke, klebrige Fliegen surrten umher und setzten sich einem auf die Haut.

Als er den Hof durchquerte, beugte er sich zu dem Schalter hinunter, um die Concierge, die gerade beim Postsortieren war, zu fragen:

»Immer noch kein Telegramm?«

»Wenn eines gekommen wäre, hätte man es Ihnen ja hinaufgebracht.«

Als er sich schon zum Gehen wandte, kam sie aus ihrem finsteren Loch. Auch sie hatte Zeitung gelesen.

»Wann wird sie hergebracht?«

»Ich weiß nicht.«

»Ich dachte, eine Beerdigung muß innerhalb von drei Tagen erfolgen.«

Sie kondolierte ihm nicht. Keiner war auf den Gedanken gekommen, ihm zu kondolieren. Er war Witwer, aber eben kein richtiger Witwer. Ob die Leute, die ihn doch nur vom Sehen kannten, so etwas merkten?

Der Polizeikommissar des Roule-Viertels verhielt sich korrekt, aber betont kühl. Er war sicher schon unterrichtet, daß Jeantet Geschichten wegen des berühmten, tatsächlich oder nur in seiner Phantasie existierenden Briefes machte.

Er hatte den Bericht des Gerichtsarztes vor sich, der die Vergiftung durch Einnahme einer Überdosis von Barbituraten bestätigte und den Zeitpunkt des Todes zwischen 19 und 21 Uhr am Mittwoch bestimmte.

Mithin war sie also gegen acht Uhr abends gestorben, als Jeantet mit Inspektor Gordes auf dem Kommissariat seines Viertels über seine Frau sprach.

Für ihn hatte damit alles erst angefangen, während für sie schon alles zu Ende war.

Vom Städtischen Laboratorium kam die Bestätigung, daß das Glas auf dem Nachttisch eine starke Dosis Gardenal enthalten hatte, und der Erkennungsdienst, der es abschließend untersuchte, hatte darauf nur Fingerabdrücke der Toten entdeckt.

»Wie Sie sehen, gibt es keinen Zweifel an dem Selbstmord, Monsieur Jeantet. Haben Sie, wie ich in meiner Vorladung bat, Ihre Heiratsurkunde mitgebracht?«

Er überflog sie.

»Nach Aussagen des Hotelpersonals gehörten die in dem Zimmer vorgefundenen Kleidungsstücke Ihrer Frau, sie stehen also jetzt rechtmäßig Ihnen zu. Sie können sie gegen Empfangsbestätigung jederzeit abholen. Dann bleibt Ihnen jetzt nur noch der Gang zu

Ihrem Rathaus wegen der Sterbeurkunde, und wenn Sie dem Beamten dieses Blatt hier übergeben, vereinfacht das die Sache.«

Endlich konnte Jeantet seine Frage stellen.

»Ist der Brief gefunden worden?«

»Ich habe schon gehört, daß Sie Anspruch auf einen Brief erheben, und meine Inspektoren entsprechend befragt. Ich war gestern früh selbst vor Ort, und zwar, gemeinsam mit meinem Gehilfen, gleich als einer der ersten. Und da darf ich mit gutem Recht behaupten, daß zu dem Zeitpunkt noch nichts angerührt worden war, ja, und ich habe da nirgends einen Brief gesehen.«

»Die Zimmerfrau ...«

Der Kommissar, der auf diese Frage schon gefaßt war, fiel ihm gleich ins Wort.

»Ich weiß. Die Massoletti ist gestern nachmittag befragt worden.«

Der Kommissar blickte ihn schweigend an.

»Und was hat sie gesagt?«

Jeantet spürte, daß dieses ganze Gespräch vorbereitet war.

»Daß Sie ihr ein gutes Trinkgeld gegeben haben und sie Ihnen einen Gefallen erweisen wollte.«

»Ich habe ihr das Trinkgeld doch erst hinterher gegeben.«

»Das geht aus ihrer Erklärung nicht hervor. Jedenfalls bekräftigt sie, nichts zu wissen und keinen meiner Männer dabei beobachtet zu haben, wie er in Zimmer 44 einen Brief verschwinden ließ.«

»Ich beschuldige niemanden. Ich glaube nur einfach, daß ...«

»Lassen wir das jetzt im Augenblick, ja? Ich habe noch andere Verabredungen und verfüge nur über wenig Zeit.«

Das war dann der Moment, da er all diese Unterschriften leistete, wie viele, wußte er selber nicht mehr.

»Nehmen Sie die Kleider mit?«

»Nein.«

»Wann kommen Sie dann, um sie abzuholen?«

»Ich habe keine Lust, sie abzuholen.«

Man hatte ihn in schlechte Laune versetzt. Jetzt war er entschlossener denn je, seine Sache zu verfechten. Zuvor allerdings mußte er entscheiden, was mit der von allen so bezeichneten Leiche geschehen sollte.

Er hatte gehofft, schon am Vorabend ein Antworttelegramm von Jeannes Eltern zu erhalten, und deren Schweigen beunruhigte ihn. Der Angestellte des Bestattungsinstituts hatte unmißverständlich zum Ausdruck gebracht, daß er für alles sorgen mußte, für die Aufbahrung, die Abholung der Toten, den Friedhof von Ivry – es sei denn, er gestattete den Eltern, falls diese die Absicht äußerten ...

Bevor er zum Rathaus des 2. Arrondissements ging, machte er noch einen Abstecher zum Boulevard Saint-Denis.

»Immer noch kein Telegramm für mich?«

Der Ehemann lieferte wohl gerade seinen Stuhl ab, denn man sah ihn nicht im Hof sitzen. Die Lampe brannte wie immer. Die Concierge schälte Kartoffeln.

»Nein. Aber es waren zwei Leute da, ein Mann und eine Frau, die nach Ihnen gefragt haben.«

»Haben sie ihren Namen gesagt?«

»Sie haben nur gesagt, daß sie die Eltern Ihrer Frau seien.«

»Wo sind sie jetzt?«

»Sie haben eine ganze Weile auf dem Treppenabsatz, dann im Hof gewartet und sich leise miteinander unterhalten. Schließlich sind sie gegangen, nachdem sie mich vorher noch gefragt haben, warum der Leichnam nicht hier sei. Ich wußte nicht, was ich antworten sollte. Sie machten keinen sehr zufriedenen Eindruck.«

»Kommen sie noch einmal her?«

»Davon haben sie nichts gesagt.«

Er ging zu Fuß zum Rathaus in der Rue de la Banque, betrat das große Gebäude, folgte den Pfeilen, fand schließlich das Standesamt und eine geschlossene Tür, auf der stand: Sterbeurkunden.

Ein altes Paar, ein Mann und eine Frau, beide von der gleichen kurzbeinigen und vierschrötigen Gestalt, wartete schweigend vor dieser Tür, als hielte es hier Wache. Er fühlte sich beim Vorübergehen von Kopf bis Fuß aufs Korn genommen, stieß den Türflügel auf, durchquerte eine Art Gang bis zu einem Schalter, der sich in einer Zwischenwand aus Mattglas befand.

Das Paar folgte ihm, und als er dem Beamten seinen Namen nannte, sagte die Frau ganz laut:

»Ich habe dir doch gesagt, das ist er!«

Der Beamte schien bereits unterrichtet.

»Dieser Herr und diese Dame hier warten schon eine ganze Weile auf Sie«, erklärte er. »Offenbar gibt es da einiges zu regeln, bevor Sie die Formalitäten erledigen.«

Die Frau sagte unfreundlich:

»Wir sind die Eltern von Jeanne.«

Und an ihren Mann gewandt, den sie mit dem Ellbogen anstieß:

»Sprich du mit ihm, Germain!«

Sein Gesicht war von der Sonne und vom Salzwasser gegerbt. Es war ihm anzumerken, daß er sich in seinem schwarzen Anzug mit dem gestärkten Hemd und den Lackschuhen, die bestimmt zu eng waren, nicht wohlfühlte.

»Wir haben heute früh, als wir am Bahnhof ankamen, die Zeitung gelesen«, hob er an. »Wir sind mit dem Nachtzug gekommen, weil wir früher nicht weg konnten und man bei dem anderen Zug in Poitiers umsteigen muß...«

Sie fiel ihm geradezu in drohendem Ton ins Wort.

»Kurz, wir haben erfahren, daß unsere Tochter Selbstmord begangen hat, und so etwas ist in unserer Familie noch nie vorgekommen. Sie werden ja wohl nicht behaupten wollen, daß sie glücklich war, wenn sie in ein Hotel gehen mußte, um sich dort umzubringen. Ich habe mich immer gefragt, warum sie nie geschrieben und uns nie besucht hat. Jedenfalls hätten wir niemals zugelassen, daß sie in dieser verfluchten Stadt blieb, wo sie nur Unglück erlebt hat...«

Sie hatte ihren Wortschwall in einem Atemzug losgelassen, warf ihrem Mann einen befriedigten Blick zu und fuhr dann fort, indem sie den Beamten zum Zeugen anrief:

»Ich habe dem Herrn hier schon gesagt, daß wir entschlossen sind, vor die höchsten Instanzen zu gehen, um sie zurückzubekommen und sie zu Hause in ihrem Dorf mit Anstand begraben zu können, wo dann wenigstens jemand ihr Grab mit Blumen schmückt...«

Jeantet sagte nur:

»Gut.«

Seine Kehle war wie zugeschnürt. Der Beamte fragte erstaunt:

»Sie sind damit einverstanden?«

Er zuckte mit der Achsel.

»Trotzdem müssen Sie hier ihren Tod melden.«

»Ich habe alle Unterlagen mitgebracht.«

Genau wie der Ausländer am Mittwoch auf der Polizeiwache, mit dem Unterschied, daß es an seinen Papieren nichts zu beanstanden gab. Offensichtlich war sogar eines zuviel darunter, denn der stutzig gewordene Beamte rief zur Sicherheit beim Kommissariat des 8. Arrondissements an, um sich zu erkundigen.

Während Jeantet die Formulare ausfüllte, murmelte er, an die Moussus gewandt:

»Ich habe übrigens den Sarg bestellt.«

»Das war ja wohl das mindeste, oder?«

»Wohin soll ich ihn schicken lassen?«

»Ja, wo ist sie denn jetzt? Immer noch in diesem Institut... Wie hieß das noch, Germain?«

»Weiß nicht mehr.«

»Ja, sie ist immer noch dort.«

»Also dann nehme ich ja an, daß das dort gemacht wird...«

»Und danach?«

»Was danach? Dann schicken Sie uns die Leiche

nach Esnandes, das ist alles. Haben wir das nicht eben abgemacht?«

Anfangs hatte sie, als von der Überführung die Rede war, noch gesagt:

»Egal, was das kostet.«

Da sie bei ihm aber wider Erwarten nicht auf Widerstand gestoßen war, nutzte sie gleich die Gelegenheit, ihm auch noch die Überführungskosten aufzubürden.

»Gut.«

Er war nicht zum Streiten aufgelegt und fühlte sich nur erleichtert, daß er den Sarg nicht zu Hause haben mußte und die Bestattungsfeierlichkeiten vermeiden konnte, die im ganzen Viertel Aufsehen erregt hätten.

»Und ihre Sachen? Was wird aus denen?«

»Was für Sachen?«

»Zum Anziehen, ihre Kleider, alles was sie besitzt. Das können ihre Schwestern noch brauchen.«

Sie war enttäuscht über ihren Mann, der nicht den Schneid aufbrachte, alles zu sagen, was sie besprochen hatten.

»Du wolltest doch noch eine Frage stellen, Germain!«

Er suchte zum Schein in seinem Gedächtnis, errötete dann.

»Ach ja!... Wegen dem Geld!...«

»Welchem Geld?«

»Sie wird doch ein bißchen Geld gehabt haben... Und Möbel... Na, wie jeder Mensch eben!«

»Als sie zu mir kam, hatte sie nichts als das Kleid, das sie am Leib trug.«

»Dabei hatte sie damals aber doch schon zwei Jahre gearbeitet...«

Es hatte keinen Zweck. Der Beamte rief ihn und verlangte Unterschriften.

»Könnten Sie als Zeuge unterzeichnen?« fragte er dann den Vater.

»Was meinst du, soll ich das machen?«

»Wenn der Herr es dir sagt...«

Sie hatte Vertrauen zu dem Beamten, nicht zu Jeantet, diesem Schwiegersohn, den sie nie gesehen und der ihre Tochter in den Tod getrieben hatte.

Noch in der Eingangshalle war das Paar ihm auf den Fersen und schien sich auch auf der Außentreppe an ihn hängen zu wollen. Jeantet überlegte, was sie noch von ihm wollten.

»Also, was ist dann mit den Kleidern?«

»Kommen Sie mit mir.«

Zu dritt gingen sie die Gehsteige entlang. Madame Moussu blickte mit kritischem Auge in die Geschäfte; im Treppenhaus am Boulevard Saint-Denis schüttelte sie mitleidig den Kopf.

Die Wohnung machte keinen Eindruck auf sie, aber mit einem Blick sah sie die Nähmaschine.

»Die gehört ja wohl Jeanne? Eine ihrer Schwestern, die gerade nach Nieul geheiratet hat, kann eine gebrauchen...«

Also würde sie die Nähmaschine mitsamt den Kleidern abschleppen, die sie nicht gerade begeistert begutachtet hatte.

»Ist das alles, was sie zum Anziehen hatte?«

Und an ihren Mann gewandt:

»Was für einen Sinn hat es da gehabt, in Paris zu leben!«

Jeantet konnte sich nicht entschließen, sie ins Kommissariat der Rue de Berri zu führen, um ihnen die in dem Hotelzimmer gefundenen Kleidungsstücke zu geben, die bei den Schwestern vermutlich mehr Anklang gefunden hätten.

»Wie sollen wir all das mitnehmen, Germain?«

»Ich werde wohl ein Taxi rufen müssen!«

»Gleich gegenüber auf dem Boulevard gibt es welche.«

Sobald er draußen war, nahm seine Frau noch ein weiteres Thema in Angriff.

»Sie werden ja hoffentlich nicht auf die Idee kommen, an der Beerdigung in Esnandes teilzunehmen?«

»Ich habe darüber noch nicht nachgedacht.«

»Was glauben Sie, wie die Leute im Dorf das aufnähmen, wenn Sie da vor dem Sarg einer Frau weinten, die Sie so unglücklich gemacht haben, daß sie sich das Leben nehmen mußte ...«

Zum erstenmal seit Mittwoch, sechs Uhr abends, lächelte er. Es war ein freudloses Lächeln, über das sich die gute Frau dennoch entrüstete.

»Ist das alles, was Sie einer Mutter zu entgegnen haben?«

Ihr Mann kam außer Atem wieder die Treppe herauf.

»Komm, Germain, ich will so schnell wie möglich weg, hier erstickt man ja. Nimm du die Nähmaschine. Ich trage den Rest ...«

Er sah ihnen nach, wie sie mit ihrer Beute abzogen,

dabei warf ihm die Frau einen letzten drohenden Blick zu.

»Und beeilen Sie sich mit der Überführung... als Eilfracht!...«

Im Stockwerk darunter lagen auf der einen Seite die Räume eines Gerichtsvollziehers, und auf der anderen waren Mädchen mit der Herstellung künstlicher Blumen beschäftigt, die gewiß zu Trauerkränzen verarbeitet wurden. Das hatte ihn bisher nie merkwürdig berührt. Das fast erblindete alte Fräulein über ihm war böse auf ihn, weil Jeanne nach ihren Worten »nicht einmal versucht hatte, glücklich zu sein«.

Er hatte diese Worte zunächst einmal nur registriert, fragte sich jetzt aber doch, was Mademoiselle Couvert damit eigentlich hatte sagen wollen. Nur konnte er noch nicht gleich darüber nachdenken, denn zunächst mußte er einmal alle Formalitäten erledigen und das Versprechen einlösen, das er diesen Leuten aus Esnandes gegeben hatte, die seine Schwiegereltern waren.

Der Angestellte des Bestattungsunternehmens zeigte sich enttäuscht über den entgangenen Auftrag der Aufbahrung und Beerdigung in Paris. Er machte aus seiner Mißbilligung keinen Hehl.

»Wenn dies wirklich der Wunsch der Familie ist...«

Er glaubte nur halb daran und verdächtigte seinen Kunden, daß er sich nur einer lästigen Aufgabe entledigen wollte. Während Jeantet im Empfangsraum eine Zeitschrift durchblätterte, telefonierte der Mann zuerst mit der Eisenbahn, dann mit seinem Geschäftspartner in La Rochelle und rief schließlich auch noch beim Gerichtsmedizinischen Institut an.

»Bei der Eisenbahn gab es zunächst einige Schwierigkeiten, aber dann hat es doch geklappt. Da können Sie von Glück sagen. Der Sarg wird jetzt teurer, da er gewissen Vorschriften entsprechen muß. Er geht um siebzehn Uhr als Eilfracht ab und ist morgen früh in La Rochelle, von wo er in einem Leichenwagen nach Esnandes transportiert wird. Haben Sie die genaue Adresse?«

»Nein, aber ich nehme an, Germain Moussu, Muschelzüchter in Esnandes, genügt.«

»Ich muß Sie leider um Vorauszahlung bitten. Einen Moment, ich bin gleich so weit...«

Er stellte seine Berechnungen an, schlug Tarife nach, telefonierte mit Ämtern, mußte noch einmal bei der Eisenbahn anrufen, Steuern und Trinkgelder hinzurechnen.

Schließlich streckte er Jeantet eine lange Abrechnung entgegen.

»Zahlen Sie mit Scheck?«

»Nein.«

Er hatte das Geld in der Tasche, zählte die Scheine ab, die der Angestellte dann noch einmal nachzählte.

»Fahren Sie ebenfalls mit dem Zug um siebzehn Uhr?«

Er schüttelte den Kopf und kümmerte sich nicht im geringsten um den schlechten Eindruck, den er hinterließ.

Diesmal konnte er wirklich davon ausgehen, daß alles erledigt war, daß er sich von der *Leiche* befreit hatte und jetzt in Ruhe seine Zwiesprache mit Jeanne wieder aufnehmen konnte. Aber nun zögerte er selber diesen Augenblick, den er so herbeigesehnt hatte, hinaus.

Er hatte mit einem Geldbetrag, der höher als erwartet war, einen Mechanismus in Gang gesetzt, durch den jetzt, ohne daß er selber noch das geringste dazu tun mußte, das junge Mädchen, das zehn Jahre zuvor nach Paris aufgebrochen war, auf den Friedhof von Esnandes zurückgebracht wurde.

Alle Unterschriften waren geleistet, auch die kleinsten Trinkgelder mitgerechnet, wie das für den Chorknaben des Dorfes. Er, Bernard Jeantet, hatte jetzt mit der ganzen Sache, von der man ihn ja auch fernhalten wollte, nichts mehr zu tun.

Auf dem Boulevard, wo fernes Donnergrollen zu hören war und der Wind Staub von den Trottoirs aufwirbelte, bekam er plötzlich Lust, anonym in der Menge einfach dabei zu sein, wenn der Zug abfuhr.

Er wäre fast noch einmal umgekehrt, um den Mann vom Bestattungsinstitut zu fragen, ob er sicher war, daß der Gepäckwagen an den Personenzug angehängt wurde.

Aber dann überlegte er es sich doch anders. Jetzt noch fünf Stunden zu warten, nur um dann seine Schwiegereltern mit der Nähmaschine und Jeannes Kleidern bepackt abfahren zu sehen, war ihm doch zu viel.

Er ging ein weites Stück, ohne auch nur einmal stehenzubleiben, um sich den Schweiß abzuwischen. Schon am Vortag war er auf diese Weise gegangen, doch heute hatte er ein Ziel.

Nachdem er die Quais erreicht hatte, ging er bis zur

Austerlitz-Brücke, von wo aus er das moderne Gebäude erkennen konnte, das man früher Leichenschauhaus, heute aber Gerichtsmedizinisches Institut nannte.

Von der Fassade her glich es eher einem großen Handelsunternehmen oder einer Oberschule. Ein Leichenauto ungewöhnlicher Bauart mit einem Fahrer am Steuer stand vor der Tür. Er sah niemanden hineingehen oder herauskommen. Natürlich wurde Jeannes Leiche jetzt noch nicht abtransportiert, aber wahrscheinlich hatte man doch eine andere Leiche hergebracht?

Ob man ihn wohl, wenn er um Erlaubnis gebeten hätte, in das Gebäude hineingelassen hätte, wenigstens in die Flure? Er zögerte. Nein, lieber nicht. Es begann jetzt in großen Tropfen zu regnen, die von der Seine hochhüpften und vom Straßenpflaster abprallten. Die Passanten liefen schnell, um sich irgendwo unterzustellen. Schon nach wenigen Augenblicken glänzten die Gehsteige, und man wurde von den Autos bespritzt.

Er lächelte. Aber es war kein glückliches Lächeln, sondern ein Lächeln, das Jeanne gut an ihm kannte und das sie jedesmal stutzig gemacht hatte.

»Warum lächelst du?«

»Einfach so«, antwortete er dann.

»Als würdest du dich über jemanden lustig machen.«

»Ich habe mich niemals über dich lustig gemacht.«

»Über wen dann?«

»Über niemanden.«

Am liebsten hätte er seinen Hut abgenommen, um

den Regen über seinen Kopf rieseln zu lassen, während er der Reihe nach die Fenster des großen Gebäudes betrachtete, etwa so wie Eltern zu Beginn des Schuljahres versuchen, das Klassenzimmer ihres Kindes zu erkennen.

Jeanne war dort hinter diesen Mauern, hinter diesen Fenstern. Nicht mehr lange, und sie würde die Reise, die sie nur ein einziges Mal gemacht hatte, in umgekehrter Richtung noch einmal machen.

»Bist du glücklich, Bernard?«

Sein berühmtes Lächeln veranlaßte sie regelmäßig zu dieser Frage.

»Warum antwortest du nicht?«

»Weil ich nicht weiß, was ich antworten soll.«

»Bist du nicht glücklich?«

Sie bohrte weiter:

»Du bist also nicht glücklich?«

Er schwieg.

»Meinetwegen?«

»Nein.«

»Bist du sicher?«

»Sicher.«

»Bereust du es nicht?«

»Nein.«

An solchen Tagen hörte er dann ein wenig später leises Schneuzen aus dem Nebenzimmer. Sie versuchte, lautlos zu weinen.

Sie hatten alle beide sehr viel Geduld bewiesen. Sie hatten eine große Anstrengung gemacht, oder besser gesagt, eine Vielzahl von fast täglichen kleinen Anstrengungen.

Der Verkehrspolizist, von dessen Ölzeug das Wasser herunterrann, fragte sich gewiß verwundert, warum dieser große schlaffe Mann da ganz allein auf dem Gehsteig stand und sich, ohne mit der Wimper zu zucken, naß regnen ließ. Woher sollte er wissen, daß dies hier durch die Mauern hindurch ihr letzter Kontakt war. Einen anderen hatte man ihnen nicht zugestanden. Und im übrigen, was hätte er schon geholfen?

»Bist du glücklich, Jeanne?«

Sie lächelte immer gleich, ein wenig zu schnell. Sie war fähig, von einer Sekunde auf die andere ihren Blick aufleuchten zu lassen.

»Warum fragst du das?«

»Weil ich nicht sicher bin, dich glücklich zu machen.«

»Du weißt genau, daß du der beste Mann bist.«

»Nein.«

»Mit dir bin ich glücklich.«

Mit dir! Er hatte oft daran gedacht. Seit acht Jahren beobachtete er sie. An manchen Tagen meinte er, sie zu verstehen. An anderen wiederum dachte er plötzlich, daß er vielleicht von Anfang an auf dem falschen Weg gewesen war.

»Langweilst du dich nicht manchmal?«

»Warum sollte ich mich denn langweilen?«

Er hörte ihnen doch zu, ihr und Pierre, wenn die beiden im Eßzimmer beisammensaßen, während er in seiner Werkstatt arbeitete. Er hörte ihr schallendes Lachen und Sätze, die keine besondere Bedeutung hatten, aber voll sprühender Fröhlichkeit waren.

An bestimmten Abenden überfiel sie, wenn sie allein

in ihrem Bett lag, Panik. Er merkte das, denn er hatte gelernt, es an einer bestimmten Art zu erkennen, wie sie sich im Bett wälzte, auch am Rhythmus ihres Atems.

»Kannst du nicht schlafen?«

»Nein.«

Er fragte sie nie, warum, sondern holte ihr eine Gardenaltablette und ein Glas Wasser aus dem Badezimmer.

»Trink.«

»Hast du mich nicht satt?«

Er strich ihr übers Haar.

»Eines Tages ganz bestimmt, das läßt sich gar nicht verhindern ... Und dann ...«

Der Regen hatte sein Jackett durchtränkt, sodaß ihm schon das Hemd auf der Haut klebte, auch in seinen Schuhen stand Wasser, eiskaltes.

Er warf ihr einen letzten Blick zu. Der Leichenwagen stand immer noch vor der Treppe. Ein Mann kam heraus, spannte seinen Schirm auf und versuchte gestikulierend, ein Taxi herbeizurufen.

Er mußte jetzt gehen. Es hatte keinen Sinn, noch hierzubleiben. Er ging los und brachte die Kraft auf, sich nicht noch einmal umzudrehen. Er war froh, daß ihn diese Regenbö einhüllte, und fiel wieder in seinen charakteristischen Gang, an dem man ihn schon von weitem erkennen konnte.

»Auf zweihundert Meter, auch wenn ich nur deine Beine sehen würde ...«

Auch sie beobachtete ihn, achtete auf seine Ticks, seine Manien, insbesondere ein leichtes Zittern seiner Oberlippe, wenn er von einer Emotion überwältigt wurde. Dabei handelte es sich aber meist nicht einmal um eine starke Emotion. Auch lag ihr nie etwas Ernsthaftes oder Schlimmes zugrunde, sondern fast immer etwas Flüchtiges, ein unfreiwilliger Gedanke, ein Bild, das ihm in den Sinn kam, ein Wort, der Blick eines Passanten.

»Was hast du, Bernard?«

»Was soll ich denn haben?«

»Woran denkst du?«

»Ich denke gar nicht.«

Sie forschte beharrlich und schweigend. Das ging ihm gegen den Strich. Er wußte genau, daß sie in neun von zehn Fällen dahinterkam, und obwohl sie ihre Entdeckung für sich behielt, mißfiel es ihm, so durchschaut zu werden.

Er hatte sich nicht geirrt, als er den Augenblick kommen sah. Jetzt, da er mit der Leiche, den Bestattungsfeierlichkeiten, den Formalitäten, Behörden und der Familie abgeschlossen hatte, war er wieder allein mit ihr.

Kurz entschlossen sprang er auf einen Bus auf, dessen Fahrtziel er gerade gelesen hatte. Die Fahrgäste rückten beiseite, weil er klatschnaß war. Er versuchte, eine Zigarette anzustecken, die sich aber in seinen nassen Fingern auflöste.

Das spielte keine Rolle... Er würde es schon noch herausbekommen, vor allem, da er keinesfalls die Hoffnung verloren hatte, den Brief noch zu finden. Heute war Samstag. Am morgigen Sonntag würde er an seinem Layout für *Art et Vie* arbeiten. Er hoffte, daß es weiterregnen würde, denn es gefiel ihm, über seine Arbeitsplatte am Fenster zum Boulevard gebeugt zu arbeiten, wenn der Regen im Zickzack an den Scheiben herunterlief.

Er würde nicht mehr im Restaurant essen, nicht einmal heute mittag, sondern unverzüglich seine alten Gewohnheiten wieder aufnehmen, seine Gewohnheiten aus der Zeit vor Jeanne.

Schon in seiner Anfangszeit in Paris, als er zufällig die Wohnung an der Porte Saint-Denis entdeckt hatte, die so verkommen war, daß keiner sie wollte, hatte er sich dazu gezwungen, seine Mahlzeiten selber zuzubereiten. Morgens kaufte er Fleisch, vorgekochtes Gemüse, Käse, Obst, manchmal auch Gebäck ein. Wenn er dann nach Hause kam, zündete er das Gas an, füllte die Töpfe und deckte den Tisch.

Nur selten ließ er schmutziges Geschirr herumstehen, und damals hatte er nur einen halben Tag in der Woche eine Putzfrau. Diese würde er jetzt gewiß nicht mehr finden. Sie war Witwe eines Stadtgardisten, und wenn sie überhaupt noch lebte, war sie zu alt, um noch arbeiten zu können.

Was sollte er Mademoiselle Couvert antworten, falls sie ihn wegen der Bestattungsfeierlichkeiten ausfragte? Er wollte sie nicht vor den Kopf stoßen. Auch die Concierge nicht, niemanden. Er hatte sich stets bemüht, niemanden vor den Kopf zu stoßen.

Er würde ihnen sagen, daß die Angehörigen seiner Frau den Wunsch hatten, sie in ihrem Dorf zu begraben. Das entsprach auch mehr oder weniger der Wahrheit. Nicht ganz. Es war aber übrigens seltsamerweise die Wahrheit geworden. Dennoch hätte er das Recht gehabt, Jeanne zu sich nach Hause zu holen.

Er betrat Madame Dorins weißen Laden. Die Frau hatte einen hohen starken Busen, der ihr fast bis ans Kinn reichte. Sie sah ihn trübe an.

»Ach, Monsieur Jeantet, wer hätte das gedacht?«

Er versuchte, seinen Gesichtsausdruck dem ihren anzupassen.

»Stimmt es, daß ihre Alten heute früh gekommen sind? Was für ein Schlag für diese armen Leute!«

Am besten, er entledigte sich der Sache sofort.

»Sie wollten unbedingt, daß sie in Esnandes beerdigt wird...«, sagte er sehr schnell.

»Das kann ich gut verstehen. Ich möchte um nichts auf der Welt auf einem dieser modernen Friedhöfe begraben werden, die jetzt rings um Paris entstanden sind. Wo ist das?«

»In der Charente-Maritime.«

»Ich dachte, sie käme aus der Gegend von Bayonne.«

»Nein.«

»Wann ist es?«

»Morgen.«

»Fahren Sie noch heute abend?«

»Ich weiß noch nicht. Geben Sie mir ein Pfund Butter, ein halbes Dutzend Eier, einen Camembert... Und dann noch ein halbes Pfund grüne Bohnen...«

Danach ging er noch zum Lebensmittelhändler und zum Metzger, und da er keine Einkaufstasche dabei hatte, stapelten sich die nassen Päckchen bald auf seinem Arm.

Der Regen hatte sich noch verstärkt, peitschte ihm in Böen ins Gesicht, die Tropfen prallten vom Pflaster ab, die Bäche auf den Gehsteigen schwollen zusehends an und überschwemmten bereits einen Teil der Fahrbahn. Die Donnerschläge krachten jetzt genau über den Dächern, und man sah im Halbdunkel der Geschäfte brave Frauen, die sich bei jedem Blitz bekreuzigten.

Er stieg die Treppe hinauf, auf dem Treppenabsatz schaffte er es nur mit Mühe, den Schlüssel aus der Tasche zu angeln, ohne seine Päckchen fallen zu lassen. Es gelang ihm. Er war zu Hause.

Nachdem er seine Einkäufe auf dem Küchentisch abgelegt hatte, schloß er schnell die Fenster, denn es gab bereits Pfützen auf dem Fußboden.

Dann legte er sein Jackett ab und machte sich an seinen kleinen Haushalt.

ZWEITER TEIL

Das Leben der andern

1

Sein neues Leben unterschied sich nicht sehr von dem alten, es verlief auch mehr oder weniger im gleichen Rhythmus. Er verbrachte weiterhin zahlreiche Stunden an seinem Zeichentisch, wobei er langsam arbeitete, denn er war sehr gewissenhaft, machte hin und wieder eine Pause, um seine Bleistifte zu spitzen, die Pinsel und Federn zu reinigen, aus dem Fenster zu sehen oder auch einfach, weil sein Blick an einem Gegenstand, einem Fleck, an irgend etwas in der Wohnung hängenblieb.

Mag sein, daß er länger als zu Jeannes Lebzeiten in seinem Sessel saß und es dabei auch vorkam, daß er darüber die Zeit vergaß.

Ruhig und scheinbar leer folgte ein Tag auf den anderen, ein von außen gesehen vielleicht bequemes Dasein, denn außer ihm wußte ja keiner, welche Arbeit er innerlich zu bewältigen hatte.

Es geschah nichts. Die äußeren Ereignisse waren bedeutungslos, trotzdem widmete er ihnen Aufmerksamkeit, geradeso, als wollte er sich nichts entgehen lassen, als zählte alles. Er sortierte alles und ordnete es in seinem Kopf; oft suchte er dann in seiner Erinnerung etwas zum Vergleichen, zum Gegeneinanderhalten, ein winziges Geschehen in der Vergangenheit.

Er führte nicht etwa einen ständigen Monolog, stellte keine Überlegungen an, die zu einem logischen Schluß führten. An seinem Tisch, in seinem Sessel oder auf der Straße kamen ihm Gedankenfetzen, die er dann hin und her von allen Seiten betrachtete, bevor er sie wie Puzzleteile, die irgendwann einmal an die richtige Stelle kommen würden, für später beiseite schob.

Er hatte keine Eile. Im Gegenteil, er empfand eher Angst, allzuschnell dahinterzukommen.

Er machte seine Einkäufe, kochte, wusch sein Geschirr ab. Die Geschäftsleute gewöhnten sich daran, ihn jeden Morgen zur gleichen Zeit höflich, zurückhaltend warten zu sehen, bis er an die Reihe kam, wobei er zerstreut auf den Verkaufstisch, eine Reihe von Konservendosen oder auf ein an einem Haken herunterhängendes Ochsenviertel blickte. Es entging ihm nicht, daß die anderen Kundinnen sich gegenseitig anstießen und hinter seinem Rücken Blicke wechselten, er wußte, daß sie loshechelten, sobald er den Laden verließ.

Er war eine Persönlichkeit geworden: der Witwer, der Ehemann jener Frau, die in einem Hotel an den Champs-Elysées Selbstmord begangen hatte.

Er hätte sich vor dieser Neugier ja retten können, indem er seine Einkäufe einfach zweihundert Meter weiter weg gemacht, zum Beispiel den Boulevard Sébastopol überquert hätte. Das wäre bereits ein anderes Viertel gewesen, wo ihn keiner kannte.

Auf den Gedanken kam er aber gar nicht. Er legte

Wert auf seine Gewohnheiten, Wert darauf, eine gewisse Anzahl bekannter Gesichter zu sehen. Er hatte sein Leben lang Routine gebraucht und konnte sich nur schwer dazu durchringen, daran etwas zu ändern.

Um eine Putzfrau zu finden, mußte er den ganzen Faubourg Saint-Denis hinauf Concierges und Geschäftsleute befragen und zwanzig Mal bis in den fünften oder sechsten Stock hinaufsteigen. Die Frauen, die über fünfzig, einige sogar siebzig waren, schüttelten alle den Kopf: sie hatten keine freie Stunde mehr, oder aber er wohnte für sie zu weit, und es war für sie zu umständlich.

Madame Blanpain, die letzte, hatte sich schließlich einverstanden erklärt, einmal in der Woche, Freitag früh, zu kommen. Sie war nicht mehr die Jüngste, ebenso groß und breitschultrig wie er, aber kräftiger, massiver. Sie lebte mit ihrer Tochter zusammen, die sich aufs Konservatorium vorbereitete.

Sie wußte nichts von dem Selbstmord. Der Name Jeantet hatte sie nicht an die kurze Notiz in der Zeitung erinnert; sie hatte sie wahrscheinlich gar nicht gelesen.

Gleich am ersten Morgen hatte sie sich daran gemacht, die Küche einer gründlichen Reinigung zu unterziehen, und sich dann den Wandschränken gewidmet.

»Ich weiß ja nicht, welche Dame hier gewohnt hat, das geht mich auch nichts an. Aber eines ist gewiß, sehr pingelig war sie nicht.«

Und aus Angst, ihn verletzt zu haben, fügte sie noch hinzu:

»Vielleicht hat sie ja außer Haus gearbeitet und nicht so viel Zeit für den Haushalt gehabt?...«

Sie fand Haarnadeln, einen zerbrochenen Kamm hinter einem Schrank und sogar einen alten Pantoffel, an die sich Jeantet gar nicht mehr erinnern konnte.

Ihm war nie aufgefallen, daß Jeanne nachlässig war.

»Wenn ich nächste Woche mal einen ganzen Tag frei habe und natürlich nur, wenn Sie einverstanden sind, könnte ich die Wände abwaschen, die haben es wirklich nötig. Dann sieht es hier auch gleich viel heller aus.«

Das hatte sie dann getan. Als sie das Eßzimmer reinigte, mußte sie das Klappbett von einer Ecke in die andere schieben. Es war ihr dauernd im Wege.

»Brauchen Sie denn diesen alten Kram noch, der so viel Platz wegnimmt? In meinem Haus wohnt jemand, der für eine Verwandte, die aus der Provinz gekommen ist, ein Bett braucht. Wenn Sie nicht zu viel dafür verlangen...«

Sie hatte die Matratze ein paar Zentimeter aufgetrennt, um zu sehen, womit sie gefüllt war.

»Das ist Wolle. Die ist aber auch schon lange nicht mehr aufgearbeitet worden...«

Ein altes Männchen hatte das Bett dann mit einem Schubkarren abgeholt. Das erinnerte ihn an jenen anderen Schubkarren, den er an besagtem Mittwoch, an dem er die Wohnung leer vorgefunden hatte, an einer Ampel gesehen und dem er ohne besonderen Grund nachgeblickt hatte.

Auf diese Weise schoben sich die Bilder übereinander. Er erinnerte sich auch noch an einen anderen Schubkarren, den er selber als Zwölfjähriger in Roubaix geschoben hatte und mit dem er einen Küchenschrank abholte, den seine Mutter bei einer Versteigerung erworben hatte.

Am ersten Sonntag rief ihn sein Bruder an. Er arbeitete gerade, ganz wie er es sich vorgenommen hatte, am Fenster. Es regnete, weniger heftig als am Vortag, aber doch so stark, daß an den Scheiben flüssige Muster herunterliefen. Als es klingelte, fuhr er zusammen. Er hätte an alles mögliche gedacht, an die Polizei, das Bestattungsinstitut, die Eisenbahn, aber niemals an seinen Bruder.

»Hier ist Lucien. Ich habe die Nachricht in der Zeitung gelesen. Meine Frau und ich wollten dir kondolieren.«

»Danke, Lucien.«

»Wie geht es dir?«

»Nicht schlecht.«

»Wir haben keine Anzeige erhalten und wissen daher nicht, ob die Beerdigung schon stattgefunden hat...«

Diesen Satz hatte ihm gewiß seine Frau souffliert.

»Ihre Eltern wollten sie nach Hause in ihr Dorf überführen.«

»Du bist gewiß sehr mitgenommen. Besuche uns doch in den nächsten Tagen einmal!«

»Vielleicht... Gewiß...«

»Blanche weiß wahrscheinlich noch nichts, denn sie ist gerade in Ferien in Divonne-les-Bains. Hast du sie in letzter Zeit mal gesehen?«

»Nein.«

»Wir auch nicht. Sie macht immer noch so ein Geheimnis aus ihrem Leben. Daß sie in Divonne ist, wissen wir auch nur deshalb, weil sie den Kindern eine Ansichtskarte geschickt hat... Bis bald!...«

»Bis bald!...«

Kurz nachdem er Jeanne geheiratet hatte, war er mit ihr einmal sonntags zu seinem Bruder und seiner Schwägerin in deren Einfamilienhaus nach Alfortville hinausgefahren. Es war Dezember, und wie Françoise sagte, darf man ein Haus, vor allem ein Haus am Stadtrand, nicht im Winter beurteilen. Er konnte sich nur noch an Räume erinnern, die so winzig waren, daß man fast erstickte. Die drei Kinder waren damals noch sehr klein. Der Älteste war vielleicht acht oder neun Jahre alt, und der Jüngste kroch noch auf dem Boden herum.

Luciens Frau wollte sie unbedingt im Salon empfangen, den sie sonst gewiß nie benutzten, denn alles war trostlos und starr. Sie hatte sich einen Moment entschuldigt, um schnell etwas aus einer Konditorei in der Gegend zu holen, und ihnen dann Kaffee und Kuchen serviert. Die Kinder schrien. Sie schickte die beiden Älteren zum Spielen hinaus und behielt sie durchs Fenster im Auge, redete aber gleichzeitig weiter, oder vielmehr, sie stellte ihre Fragen.

Lucien, der ziemlich wortkarg war und sich nicht wohl in seiner Haut zu fühlen schien, beobachtete seinen Bruder und seine Schwägerin und behielt seine Gedanken für sich.

»Also haben Sie es geschafft, meinen Schwager doch noch zur Ehe zu bewegen«, sagte Françoise mit gespielter Begeisterung. »Wo er doch immer so große Angst vor den Frauen gehabt hat! Kennen Sie ihn schon lange?«

Eine Frage folgte der andern:

»Wo haben Sie ihn kennengelernt? Wie hat er sich denn erklärt; mögen Sie Kinder; wie viele möchten Sie haben? ... Nicht? Was haben Sie für einen Beruf? Und Ihre Eltern haben Sie allein nach Paris fahren lassen? Haben Sie hier keine Angehörigen? War das am Anfang nicht zu schwer?«

An jenem Tag entdeckte Jeantet erst so richtig, wie boshaft seine Schwägerin war. Hinter ihrem oberflächlichen Geplauder verbarg sich ihre nur schlecht verhüllte Absicht. Sie wollte es unbedingt ganz genau herausbekommen, und er war überzeugt, daß sie, nachdem dieses grausame Spiel eine halbe Stunde gedauert hatte, alles erriet.

Jeanne hatte den Boden unter den Füßen verloren, sie war den Tränen nahe und flehte ihn mit Blicken an, ihr zu helfen.

Lucien hingegen verzog keine Miene. Er schien sich seinen Frieden ein für allemal durch Schweigen erkauft zu haben.

Jeanne war danach tagelang sehr niedergeschlagen, und bestimmt erinnerte sie sich auch später immer wieder daran. Noch lange danach fragte sie ihn einmal, als sie sich gerade ganz allgemein über Familien unterhielten:

»Warum hast du denn nicht gewagt, deiner Familie die Wahrheit zu sagen? Weil du dich schämst?«

Er war nicht sicher, daß sie ihm glaubte, als er behauptete, er habe nicht seinetwegen, sondern ihretwegen geschwiegen. Dabei war es die reine Wahrheit. Er schämte sich Jeannes Vergangenheit nicht.

»Gib doch zu, daß du es manchmal bereust...«

»Nein.«

Er war aufrichtig, und jetzt, da sie nicht mehr da war, wurde ihm das erst so richtig klar.

Mehrmals war er, wenn sie das Thema Vergangenheit berührten, nahe daran gewesen, zu sagen: »Ganz im Gegenteil, es war doch deshalb, daß...«

Er hielt sich gerade noch rechtzeitig zurück. Es war schwer zu erklären und noch schwerer zu verstehen. Er war ja nicht einmal sicher, daß er es selber verstand.

Am folgenden Sonntag ging er also zu Lucien. Der Bruder war dick geworden, sein Magen bildete einen richtigen Wulst unter dem weißen Hemd, und seine Arme waren dichter behaart als früher. Seine Frau, die ihre Haare rot gefärbt hatte, war sehr affektiert. Sie setzten sich in den kleinen Garten, wo Lucien einst Gemüse gepflanzt hatte und wo jetzt nur noch Blumen wuchsen.

»Marguerite und Jacques sind schwimmen gegangen...«

Marguerite, die einzige Tochter, war inzwischen wohl dreizehn Jahre alt; Jacques hatte bei seinem letzten Besuch noch Windeln getragen.

»Julien hingegen ist bei der Armee. Er hat sich schon vor der Einberufung freiwillig gemeldet, damit er zur Luftwaffe kam. Er ist Offiziersschüler an der Luftfahrtakademie von Saint-Raphaël.«

Durch das offene Fenster konnte er in den modernisierten Salon und in eine Küche blicken, die aussah wie aus einem Katalog.

»Das Haus hat sich doch verändert, nicht? Schade,

daß jetzt gegenüber Mietskasernen gebaut worden sind. Vorher hat man sich hier fast wie auf dem Lande gefühlt und konnte bis zur Seine hinüber sehen. Jetzt warten wir nur noch darauf, daß wir hier enteignet werden, damit noch weitere Sozialwohnungen gebaut werden können.«

Lucien beobachtete seinen Bruder, während er an seiner Pfeife zog, dann bemerkte er:

»Du hast dich nicht sehr verändert... Wie alt bist du jetzt eigentlich?... Neununddreißig?«

»Vierzig.«

»Stimmt, du bist ja im Juni geboren.«

Er ging ins Haus, um Wein zu holen. Seine Frau nutzte sofort die Gelegenheit, um zu fragen:

»Wie ist das denn passiert? Hat dich die Polizei unterrichtet?«

Er antwortete nur mit einer unbestimmten Geste.

»Das war bestimmt ein Schlag für dich. Ich sage ja immer, auch wenn Lucien mir nicht glaubt, daß stets nur das passiert, was passieren muß, und wir am Ende dann merken, daß es zu unserem Besten war. Also, sei mir nicht böse, aber diese Frau war nicht ganz normal. Sie war weder für dich noch für deine Lebensweise gemacht. Das habe ich bei dem einzigen Mal, da ich sie zu Gesicht bekommen habe, sofort bemerkt und hinterher gleich mit deinem Bruder darüber gesprochen. Sie hat es sicher nicht leicht gehabt im Leben, wie? Verstehst du, Bernard, die Vergangenheit kann man eben nicht abschütteln, auch wenn man es noch so sehr versucht.«

Lucien kam mit Gläsern und einer Flasche zurück.

»Was habt ihr da gesagt?«

»Ich sagte zu Bernard, daß es im Grunde besser für ihn ist. Kannst du dich noch an unser Gespräch vor acht Jahren erinnern? Mich wundert nur, daß es überhaupt so lange gehalten hat. Sie hatte so etwas in ihren Augen ...«

Lucien warf seinem Bruder einen Blick zu, weil er fürchtete, ihn niedergeschlagen oder wütend zu sehen, und bemerkte zu seinem Erstaunen ein Lächeln auf dessen Lippen.

»Nun, lassen wir das jetzt! Was vergangen ist, ist vergangen! Bist du zufrieden mit deinen Geschäften?«

»Ich arbeite viel.«

Da er als Lehrling in einer kleinen Druckerei von Roubaix angefangen hatte, kannte seine Familie ihn immer nur in einem grauen Kittel vor der Druckerpresse.

»Ich bin gewissermaßen selbständig, arbeite für Zeitschriften und Verlage.«

»Bringt das was ein?«

»Ganz gut.«

»Hast du Mama mal besucht?«

»Nein.«

»Wir waren an Weihnachten mit den Kindern da. Sie hat sich nicht verändert. Ja, man möchte fast schwören, daß sie immer jünger wird statt älter. Mit Poulard hingegen geht es langsam zu Ende. Als wir dort waren, saß er nur noch in seinem Sessel, und abends kam immer ein Nachbar, um Mama dabei zu helfen, ihn ins Bett zu heben – der junge Méreau, der ging doch in deine Klasse, jetzt hat er ein Radiogeschäft. Kannst du dich an Méreau erinnern?«

»Einen Rothaarigen?«

»Richtig. Er wohnt neben der Kneipe, die Mama gewiß schon bald allein gehört. Im Grunde ist es ja bereits jetzt so.«

»Hatte Poulard denn nicht eine Tochter?«

Sie sprachen über den zweiten Mann ihrer Mutter.

»Sie lebt noch. Sie hat Mann und Kinder verlassen und ist nach Paris gezogen.«

»Dann wird sie doch zumindest einen Teil erben.«

»Aber nichts von dem Geschäft, denn Mama hat erreicht, daß Poulard es ihr schon zu Lebzeiten vermachte.«

Danach hatten sie nicht mehr über Poulard oder Jeanne geredet, sondern über ihn.

»Fühlst du dich nicht sehr einsam?«

»Ich gewöhne mich daran.«

»Hast du jemanden für deinen Haushalt gefunden?«

Wozu sollte er ihnen gestehen, daß er seinen Haushalt an sechs von sieben Tagen selber versorgte?

»Bleibst du zum Abendessen? Die Kinder kommen jetzt sicher bald zurück. Sie können sich kaum noch an dich erinnern, und sie würden sicher gern endlich einmal ihren Onkel kennenlernen...«

»Ich muß nach Paris zurück...«

Schwer zu sagen, was ihm dieser Besuch gebracht hatte, aber verlorene Zeit war er gewiß nicht gewesen.

Bestimmte Worte seiner Schwägerin erinnerten ihn an den Satz Mademoiselle Couverts:

»Sie hat nicht einmal versucht, glücklich zu sein...«

Jeanne hatte acht Jahre mit ihm auf engstem Raum innerhalb von wenigen Quadratmetern zusammengelebt, wo die Wände, der Fußboden und die Decke sie von der Außenwelt abgeschlossen hatten. Und doch machte es ihm jetzt schon Mühe, sich ihr Gesicht vorzustellen und ihre Gestalt an den Orten, wo sie sich gewöhnlich aufgehalten hatte, noch vor sich zu sehen.

Ihr Bild wurde immer verschwommener, schien unwirklich. Wenn er zum Beispiel an ihr schwarzes Kleid dachte, an ihre weiße Haut, die Haare, die über die eine Wange herabhingen, ihre nackten Füße in den Pantoffeln. Wie sie vor ihrer Nähmaschine saß. Wenn Pierre mit seinen Büchern und Schulheften herunterkam...

»Darf ich, Monsieur Bernard?...«

Dann hörte er von seinem Platz aus Jeannes und Pierres Stimmen, das Surren der Nähmaschine. Der Junge las eine Rechenaufgabe vor, in der es um Weinfässer zu soundso viel pro Liter und um andere Weinfässer zu soundso viel ging...

Dann erschien Jeanne mit dem Buch in der Hand an der Tür.

»Hast du mal einen Moment Zeit? Verstehst du vielleicht diese Aufgabe?«

Er konnte sich einfach nicht mehr vorstellen, wie sie in solchen Augenblicken aussah.

Morgens kam sie nackt aus dem Badezimmer; oft mußte sie, bevor sie ein Kleid überzog, schnell zum Gasherd laufen. Er kannte die Gestalt, die Farbe, die Konsistenz ihres Körpers, aber das erschien ihm jetzt ganz irreal.

Sie hatte beim erstenmal nicht verstanden. Eines Abends versuchte sie, in sein Bett zu schlüpfen, weil sie meinte, ihm damit einen Gefallen zu tun, und er wies sie zurück. Das hatte sie falsch verstanden.

»Entschuldigen Sie...«, hatte sie gestammelt und die Pyjamajacke an sich gerafft, die er ihr geliehen hatte.

Damals siezten sie sich noch. Es war noch vor dem Besuch des Inspektors Gordes gewesen, von dessen Existenz Jeantet damals nicht einmal etwas ahnte. Die Verletzung an der Wange der jungen Frau war noch bei weitem nicht vernarbt.

Es war vermutlich um Mitternacht gewesen. Die Lampen waren gelöscht, und die Werkstatt wurde nur noch von der in regelmäßigen Abständen aufleuchtenden Neonreklame des Uhrengeschäfts erhellt.

Er hatte seine Hand nach Jeannes Hand ausgestreckt, sie setzte sich schließlich auf die Kante seiner Couch.

»Es ist nicht deshalb...«, hatte er geflüstert.

Sie wollte ihm nicht glauben und versuchte, ihre Tränen zurückzuhalten; dann flossen sie aber doch über ihre Wangen herab, und eine davon tropfte auf seinen Handrücken.

»Das sagen Sie nur, um mir die Demütigung zu ersparen. Es ist alles mein Fehler. Morgen gehe ich. Sie waren gut zu mir, und ich hätte gleich begreifen müssen...«

Wäre da nicht dieses schummrige Halbdunkel gewesen, hätte er es wohl nicht gewagt.

»Kommen Sie näher...«

»Nein...«

Er flüsterte ihr ins Ohr, und schon nach wenigen

Augenblicken wußte er nicht mehr, ob die Tränen, die über seine Wangen flossen, seine eigenen waren oder die Jeannes.

Ohne es allzu deutlich auszudrücken, versuchte er ihr begreiflich zu machen, daß er, was seine eigenen Fähigkeiten betraf, nicht so sicher war und daß er sie nur deshalb zurückgewiesen habe, weil es ihm noch nie gelungen sei, eine Frau ganz zu besitzen ...

Auch wenn er sie nicht sehen konnte, ahnte er, daß sie zunächst Erstaunen, dann Mitleid und schließlich eine Art Zärtlichkeit fühlte.

Sie lagen eng nebeneinander.

»Haben Sie es wirklich versucht?«

»Ja.«

»Oft?«

»Ziemlich oft.«

Es schien ihm, daß sie in Richtung der Eingangstür zu dem Stundenhotel gegenüber zeigte.

»Mit ...?«

Auch sie wagte nicht die Worte auszusprechen. Nach einer Pause sagte sie atemlos:

»Pst! ... Still ... Lassen Sie mich machen ...«

Er schämte sich. Zehnmal versuchte er, sie zurückzustoßen. Noch nie hatte er sich allem so fern gefühlt. Paris, die Straßen, die Häuser, die Passanten, die Geräusche, all das gab es nicht mehr. Bernard Jeantet gab es nicht mehr. Er war nur noch ein Körper, zusammengeschweißt mit einem anderen Körper. Er hörte einen anderen Atem als seinen eigenen, fühlte ein anderes Herz schlagen. Am liebsten hätte er gesagt: »Wozu? ... Es geht ja doch nicht! ...«

Alle Demütigungen, die er erlebt hatte, kamen ihm wie aus weiter Ferne wieder in den Sinn und bedrückten ihn. Er wollte Licht anmachen, wieder auf den Boden der Wirklichkeit zurückkehren, in den Alltag... Aber jedesmal, wenn er sich bewegte, umklammerte sie ihn fester und sagte:

»Pst!«

In gewisser Weise durchdrang sie ihn mit ihrem Willen, ihrem Vertrauen immer mehr, übertrug den Rhythmus ihres Körpers, dessen Lebendigkeit auf seinen eigenen Körper.

Bei jedem neuen Absturz versuchte er, sich ihrer zu erwehren, aber sie hatte sein Problem längst zu ihrem eigenen gemacht.

Es dauerte drei Stunden. Hundertmal hatte er das Gefühl, hoffnungslos in einen Abgrund zu versinken, in dem immer wieder Lichter aufflackerten, die aber, sobald er sie wahrnahm, gleich wieder erloschen, es waren die drei schmerzhaftesten und wunderbarsten Stunden seines Lebens.

Nie würde er den heiseren, triumphierenden Schrei der Frau vergessen:

»Siehst du!«

Er weinte, nun aber vor Freude. Auch sie weinte, doch war es bei ihr wohl mehr Erschöpfung und Nervosität. Sie hatte ihn gerade zum erstenmal geduzt und blieb jetzt Wange an Wange neben ihm liegen.

»Zufrieden?«

Sanft, mit nie gefühlter Zärtlichkeit zog er sie an sich und streichelte ihr im Dunkeln vorsichtig, wegen der noch schmerzenden Narbe, über das Haar.

Lange lagen sie schweigend da. Später murmelte er kaum hörbar:

»Du gehst doch nicht weg?«

Sie drückte seine Fingerspitzen wie zur Besiegelung eines Pakts.

»Bist du sicher, daß du mit mir leben kannst?«

»Ja.«

»Obwohl...«

Sie lachte.

»Du hast doch den Beweis!«

»Aber...«

»Sei still! Schlaf jetzt... Morgen früh mußt du arbeiten...«

Sie befreite sich aus seinen Armen, küßte ihn ernst auf die Stirn, als habe das in ihren Augen etwas zu bedeuten, dann glitt ihre helle Gestalt zur Tür hinaus.

In seiner Vorstellung war dies ihrer beider Nacht gewesen, die wichtigste Nacht seines ganzen Lebens. Am Morgen wagte er nicht, die Augen aufzuschlagen. Er hörte sie in der schmalen Küche hantieren. Sie hatte ihr schwarzes Kleid übergezogen, war gewaschen und gekämmt, nur eine Strähne, immer die gleiche, fiel in ihre Wange. Sie brachte ihm Kaffee und lächelte ihn dabei zaghaft an, als fürchtete auch sie, daß es nicht so weitergehen würde.

Sie hätte ihn am liebsten gesiezt, was alles Weitere noch schwieriger gemacht hätte. Sie schien es zu ahnen und bezwang sich.

»Hast du gut geschlafen?«

Das Schlimme, das Beschämende, das Schmerzliche war vorüber. Was blieb, war das Gute, der triumphierende Siegesschrei in der menschlichen Wärme des Bettes.

»Siehst du!«

Sie hatten nie mehr darüber gesprochen. Sie erkannte an gewissen Zeichen, die ihm selber gar nicht bewußt waren, an welchen Abenden sie zu ihm gehen konnte. Vielleicht ging sie dann absichtlich lange im Negligé herum? Sie sagte ihm Gutenacht wie gewöhnlich. Und er las dann manchmal noch eine Weile in seinem Sessel.

Sobald er dann endlich im Bett lag, hörte er ein Quietschen, das von der Metallmatratze des Klappbetts kam. Jeannes Schritte auf dem Fußboden hörte er nie, wußte aber dennoch, daß sie bewegungslos hinter der Tür stand, um sich gleich wieder zurückzuziehen, wenn er ihr kein Zeichen gab.

»Komm!«

Dies war ihr Geheimnis. Zumindest hatte er das geglaubt. Hatte seine Schwägerin bei seinem Besuch am letzten Sonntag nicht gesagt:

»Ein Glück, daß du keinen Nachwuchs in die Welt setzen kannst, stell dir vor, du hättest jetzt noch Blagen am Hals!...«

War dies der Grund, daß er immer alle Leute, mit denen er in Berührung kam, ja manchmal sogar Leute, denen er auf der Straße begegnete, heimlich beobachtete?

Als er Jeanne kennenlernte, hatte er schon mit allem abgeschlossen. Er stand abends manchmal stundenlang am Fenster und beobachtete das Geschehen in der Rue Sainte-Apolline. Er hatte sich diese Wohnung nicht absichtlich ausgesucht, sondern sie durch Zufall gefunden, bevor er etwas erfuhr, oder vielmehr, er war sich nicht ganz sicher.

Als er zum erstenmal in Paris in ein Hotel dieser Art ging, mit einer Blonden in Rosa, war er eine Viertelstunde später mit gesenktem Kopf wieder herausgekommen und hatte sich geschworen, es nie wieder zu versuchen.

Abend für Abend sah er, wie das Licht in den Zimmern anging. Die Vorhänge am linken Fenster im ersten Stock schlossen nicht ganz dicht, und sein Blick konnte da hinabtauchen bis aufs Bett.

Jeanne hatte es später wohl bemerkt, erst zwei oder drei Monate nach ihrer Heirat, denn sie selber sah nur selten auf dieser Seite hinaus, und außerdem war das Zimmer ja auch nicht immer besetzt. Sie hatte sich zu ihm umgewandt und dabei die Stirn gerunzelt, als ginge ihr plötzlich ein Licht auf, als entdeckte sie endlich den Schlüssel zu einem quälenden Geheimnis.

Hatte sie aber nicht schon am allerersten Abend einen Verdacht dieser Art gehabt?

Jetzt nahm alles genauere Umrisse an. Jetzt war er für sie nicht mehr ein Unbekannter, der sie von der Straße aufgelesen hatte. Sie kannte ihn besser als jeder andere Mensch auf der Welt.

Es war ein etwas peinlicher Moment für sie beide. Er hätte gern mit ihr geredet, ihr versichert, daß sie sich irrte, daß er nicht abendelang an diesem Fenster gestanden und darauf gewartet hatte, in dem Zimmer gegenüber das Licht angehen zu sehen.

Sicher, vor Jeanne war das vorgekommen, denn er hatte immer noch gehofft. Es hatte immer damit geendet, daß er hinausstürmte. Er kannte auch noch andere Straßen in anderen Stadtvierteln mit ebensolchen Hotels und Frauen, die im Halbdunkel auf und ab trippelten.

Und genau so, wie er es die anderen vor seinem Haus tun sah, musterte auch er sie, ob sie hübsch waren oder gut gebaut. Er starrte ihnen in die Augen, auf den Mund, auf ihren Gesichtsausdruck. Er konnte inzwischen mit einem einzigen Blick erkennen, welche sich lustig machten und welche wütend wurden, welche die Geduld verloren und welche ein lähmendes mütterliches Mitleid zeigten.

Ob Jeanne dies verstanden hatte? Konnte außer ihm überhaupt jemand das verstehen?

Auch schon bevor er Witwer geworden war, sahen ihn die Leute aus seinem Viertel als einen an, der anders war als alle anderen, und er hatte sich schon oft gefragt, ob sie wohl etwas ahnten. Sie betrachteten ihn stets mit mißtrauischer Neugier, als versuchten sie, herauszubekommen, was bei ihm nicht ganz stimmte.

Jeanne war nur durch einen Zufall in sein Leben getreten. Er hatte keinen Hintergedanken dabei gehabt, als er sie vom Trottoir holte und fast gezwungen war, sie bei sich aufzunehmen.

Er hatte keine besondere Absicht damit verfolgt. Und nach ihrer gemeinsamen Nacht hatte er sein Leben auf sie eingestellt, das mußte sie doch fühlen. Sie war ihm das Teuerste, was er hatte, und er wollte sie glücklich machen. Das war seine Hauptsorge.

Nicht aus Egoismus, um das Gefühl zu haben, ein guter Mensch zu sein, auch nicht aus Dankbarkeit. Er brauchte einfach die Gewißheit, daß ein Mensch auf der Welt ihm sein Glück verdankte.

Heute fragte er sich, ob sie sich darüber wohl im klaren gewesen war. Er war sich dessen nicht so sicher. Auch für sich selber zweifelte er langsam daran.

Jeden Tag arbeitete er, spitzte seine Bleistifte, reinigte seine Federn und Pinsel, arbeitete noch ein wenig weiter und dann, wenn er in seinem Sessel saß oder ganz allein sein Essen verzehrte, dachte er an Jeanne und hatte dabei den Eindruck, daß die Erinnerung an sie immer undeutlicher und unwichtiger wurde und daß er in Wirklichkeit keinen anderen so verzweifelt zu verstehen versuchte als allein Bernard Jeantet.

Vielleicht hatte er in all diesen acht Jahren weniger mit ihr als mit sich selber gelebt, und sie war nur eine Präsenz, Beiwerk, gar eine wichtige Zeugin gewesen.

Aber eine Zeugin wofür?

Sie hatte sich eines Nachmittags in ein ihm unbekanntes Hotelzimmer einer Stadtgegend, die weit von der ihren entfernt lag, zum Sterben zurückgezogen. Sie hatte ihr Kleid, ihre Schuhe vom Boulevard Saint-Denis einer Zimmerfrau gegeben. Ihre Handtasche, ihr Personalausweis, alles was mit ihm zu tun hatte, wurde nie gefunden.

Dies hatte er schon in der Rue de Berri sofort begriffen, und die Blumen waren sehr verräterisch, sie waren ein Ausdruck ihres Willens, sich vollkommen von ihm abzusetzen. Er selber hatte ihr nie Blumen geschenkt, und als sie eines Tages einmal welche vom Markt mitbrachte, reagierte er unwillig und gestand auf ihre Frage schließlich, daß Blumen ihn störten.

Das stimmte. Sie erinnerten ihn an das Leben auf dem Lande, das er haßte, und an die in der Sonne erstarrten Vorgärten am Stadtrand, zum Beispiel an den Garten seines Bruders Lucien, bei dessen bloßem Anblick ihn irrationale Panik befiel.

Jeannes Tod war eine Flucht gewesen, und zwar eine Flucht vor ihm.

Er mußte unbedingt herausbekommen, warum sie das getan hatte. Das war sein gutes Recht. Außerdem war es unerläßlich, denn sein ganzes künftiges Leben hing davon ab. Deshalb lag ihm auch so viel an dem Brief.

Selbst wenn sie nur wenige Zeilen geschrieben hatte, würde er daraus erfahren, wie sie ihn sah, wie er auf andere wirkte, vor allem auf einen Menschen, der ihn acht Jahre lang beobachtet hatte.

Monsieur Radel-Prévost von *Art et Vie* ließ zwei Mittwoche verstreichen, bevor er etwas betreten zu ihm sagte:

»Übrigens, Jeantet, ich habe gehört, was geschehen ist, und möchte Ihnen mein Beileid aussprechen.«

Es war ihm anzumerken, daß er nicht ganz sicher war, wie seine Worte ankommen würden, und Jeantets Reaktion abwartete.

»Ich danke Ihnen. Sehr freundlich.«

»Hat es Sie auch nicht zu sehr aus der Bahn geworfen. Werden Sie langsam damit fertig?«

Dann fiel sein zerstreuter Blick auf ein Foto seiner Tochter:

»Ich wollte Sie schon fragen, wie Sie denn mit den Kindern zurechtkommen, aber dann erinnerte ich mich plötzlich, daß Sie ja gar keine haben ... Wann machen Sie dieses Jahr Ferien?«

»Ich wollte eigentlich nicht aus Paris weg.«

»Gar keine so schlechte Idee, denn voll ist es ja überall ... Meine Frau ist mit den Kindern in Evian. Am Freitag fahre ich für drei Wochen zu ihnen.«

Auf diese Weise sah er Paris immer leerer werden, bei den Firmen, für die er arbeitete, gab es immer größere Lücken im Personal. Manche Büros schlossen ganz. Und dann kam die Gegenbewegung, zuerst die Rückkehr der Angestellten, angefangen mit den einfachsten, dann die Chefs, die aber noch eine Zeitlang für ein verlängertes Wochenende ans Meer oder in ihre Landhäuser fuhren.

Als er eines Mittwochs aus der Rue François-Ier kam, machte er ohne besondere Absicht noch einen Streifzug durch die Rue de Berri.

Er hatte immer gewußt, daß er noch einmal dorthin zurückkehren würde.

Lange stand er bewegungslos auf dem gegenüberliegenden Trottoir vor dem »Hôtel Gardenia«, in das er ein Paar hineingehen sah. Die Frau lachte. Der Mann, der sehr selbstzufrieden wirkte, ähnelte ein wenig Monsieur Radel-Prévost.

Er konnte die italienische Zimmerfrau nirgends entdecken.

Er versuchte sich auszurechnen, um welche Uhrzeit sie wohl dienstfrei haben würde.

Er nahm sich vor, noch einmal wiederzukommen.

An jenen Tagen überlegte er sehr viel hin und her, während er durch die Straßen ging. Und wenn er sich dann schlafen legte, blieb er, obwohl er doch so müde war, noch fast zwei Stunden mit offenen Augen liegen.

Niemand stand mehr hinter der Tür, um auf sein Zeichen zu warten.

2

Eines Nachmittags gegen zwei Uhr wunderte er sich über das Kommen und Gehen über ihm. Das waren nicht die Schritte des spielenden Jungen, sondern die einer erwachsenen Person, ein gewisses Trippeln an ein und derselben Stelle, wie immer dann, was aber nur noch selten vorkam, wenn Mademoiselle Couvert eine Kundin zur Kleiderprobe da hatte. Seit ihr Augenlicht so nachgelassen hatte, vertraute man ihr nur noch selten die Arbeit an einem neuen Kleidungsstück an, so machte sie hauptsächlich Änderungs- und Flickarbeiten.

Etwas später hatte er die zögernden Schritte des alten Fräuleins auf der Treppe gehört und sie dann, vielleicht eine Viertelstunde später, als er aus dem Fenster blickte, auf dem Boulevard an der Bushaltestelle stehen sehen.

Sie hatte sich ganz in Schale geworfen, trug Handschuhe, einen Hut und Schuhe, die sie sonst fast nie anzog und aus denen ihre Fesseln hervorquollen.

Warum hatte ihn dieser Ausgang der Näherin so beunruhigt?

Es war doch gut möglich, daß sie Verwandte oder eine kranke Freundin besuchen ging oder vielleicht eine kleine Rente abholte. Obwohl sie nun schon so lange im gleichen Haus wohnten, wußte er so gut wie nichts von ihr.

Seit Jeannes Tod ging Pierrot ihm aus dem Weg. Er

hatte ihn kein einziges Mal besucht, und wenn sie sich auf der Treppe begegneten, fing der Junge gleich zu laufen an, als hätte er es plötzlich ganz eilig.

Er sah die alte Frau nicht zurückkommen, merkte aber abends an den typischen Schleifgeräuschen ihrer Filzpantoffeln, daß sie wieder zu Hause war.

Als Jeanne einmal dieses Geräusch hörte, das leicht wie ein Flügelschlag war, sagte sie lächelnd:

»Unser guter Geist geht ins Bett!«

Er vermutete zwischen ihr, Mademoiselle Couvert und dem Jungen eine Vertrautheit, in die sie ihn nicht mit einbezogen hatten. Wenn Jeanne vom dritten Stockwerk herunterkam, wo sie sich oft lange aufhielt, erzählte sie ihm nie, worüber sie dort gesprochen hatten.

Auch aus ihren ungezwungenen Unterhaltungen mit Pierre hörte er immer wieder Anspielungen auf Dinge heraus, die ihm unbekannt waren. Damals hatte er sich deshalb keine Gedanken gemacht. Kinder waren ihm fremd. Sie erschreckten ihn ein wenig, nicht ganz so wie Tiere, aber auf die gleiche Art, vielleicht aus den gleichen Gründen, und er hielt sie sich am liebsten vom Leib.

Am Tag nach diesem Ausgang Mademoiselle Couverts ereignete sich etwas schon Bemerkenswerteres. Kurz vor vier ging im dritten Stock die Tür auf, und jemand betrat die Treppe. Unmöglich, den Gang der alten Dame mit dem eines anderen Hausbewohners zu verwechseln. Seit ihre Augen so schlecht geworden waren, ging sie stockenden Atems mit einer Hand das Geländer umklammernd und mit der anderen die Wand abtastend immer nur zwei Stufen hinunter.

Die Treppe war steil, und in den Kehren liefen die

Stufen auf der Innenseite ganz spitz zu. Eine andere alte Frau, die früher mit ihrem ebenso alten Mann im fünften Stock wohnte, hatte sich hier die Hüfte gebrochen. Sie war nicht daran gestorben, hatte aber über ein Jahr in Gips gelegen und wurde hier nie wieder gesehen, weil sie von den Behörden danach in ein Pflegeheim eingewiesen worden war.

Er hörte Mademoiselle Couvert ihre zwei Stufen herunterkommen, stehenbleiben und dann weiter herunterkommen.

Und als sie dann den Treppenabsatz vor seiner Tür erreicht hatte, hörte er gar nichts mehr.

Es erschien ihm wie eine Ewigkeit. Sie ging nicht weiter hinunter, sie klopfte aber auch nicht. Er wurde schon ungeduldig, überlegte, stutzig geworden, ob sie womöglich einen Schwächeanfall erlitten hatte, als er dann aufs neue ihre Schritte hörte, die sie jetzt aber wieder nach oben lenkte.

Er ging zur Tür, machte auf und entdeckte nur noch einen dunklen Rockzipfel an der Treppenkehre.

Es war Donnerstag. Er mußte noch bis Freitag ungefähr um die gleiche Uhrzeit warten, bis sich das Rätsel aufklärte. Diesmal saß er in seinem Sessel, als er sie herunterkommen hörte, und merkte, daß sie wie am Vortag vor seiner Tür stehenblieb. Ob sie auch diesmal wieder, nachdem sie eine Weile in der Dunkelheit gestanden hatte, hinaufgehen würde?

Eine halbe Minute lang herrschte Stille, dann klopfte es.

Er machte sofort auf und sah verblüfft ihre ernste Miene. Das stets blasse Gesicht drückte die Entschlossenheit einer Person aus, die sich auf einen wichtigen Schritt vorbereitet hat, und auch ihr Aufzug war ein Kompromiß zwischen jenem, den sie zwei Tage zuvor bei ihrem Stadtgang getragen hatte, und dem etwas nachlässigeren, den er sonst im Hause an ihr gesehen hatte.

»Störe ich?«

Mit einem gewissen Mißtrauen warf sie einen Blick in die Runde, um sich zu versichern, daß er allein war.

»Ganz und gar nicht! Bitte, kommen Sie doch herein!«

Er bot ihr seinen noch angewärmten Sessel an, aber sie schüttelte den Kopf.

»Der ist zu nieder für mich. Ich sitze lieber auf einem Stuhl.«

Sie warf einen prüfenden Blick auf die weißen Wände, die Zeichnungen, die in Gläsern eingeweichten Pinsel, und sah dann verstohlen durch die halboffene Tür in das Eßzimmer hinüber, das so lange Zeit Jeannes Domäne gewesen war.

Das wußte sie sicher, kannte die Wohnung vom Hörensagen in allen Einzelheiten, genauso wie sie wahrscheinlich auch ihr Leben in allen Einzelheiten kannte. Vielleicht war sie ja sogar in seiner Abwesenheit schon hier gewesen?

Sie sagte noch immer kein Wort und faltete die Hände über dem Bauch, was darauf schließen ließ, daß sie sich wohl noch eine gute Weile Zeit lassen würde. Der ganze Mechanismus kam nur sehr langsam in Gang, bis sich dann endlich ihre farblosen Lippen bewegten.

»Ich komme nicht frohen Herzens zu Ihnen, glauben Sie mir das bitte ...«

Sie starrte jetzt auf das Fenster, machte eine Pause, als hoffte sie immer noch, daß er ihr mit Fragen zu Hilfe käme.

»Sie ahnen den Grund meines Besuches nicht?«

»Nein.«

»Also hatte sie doch recht.«

»Sie meinen, Jeanne?«

Er spürte, daß sie nicht die geringste Sympathie für ihn hegte, im Gegenteil. Sie wirkte sogar irgendwie schockiert darüber, daß er in so vertrautem Ton über die Tote sprach.

»Wenn da nicht meine schlechten Augen wären, durch die ich immer mehr Kundinnen verliere, und wenn jetzt nicht bald die Schule anfinge ...«

Er glaubte zu verstehen, daß es um eine Geldfrage ging, womit er allerdings noch immer meilenweit von der Wahrheit entfernt war. Dabei hatte er sich doch schon zu Lebzeiten Jeannes hin und wieder gewisse Fragen gestellt, allerdings ganz unbestimmt, so wie er an viele andere Dinge auch dachte.

»Er ist in diesem Sommer wieder gewachsen, und ich muß ihn von Kopf bis Fuß neu einkleiden ...«

Er hatte eine Statue, einen Monolithen vor sich. Sie machte keine einzige Bewegung. Ihre Haut zitterte kaum merklich. Nur ihre Lippen bewegten sich von Zeit zu Zeit, nach langen Pausen, in denen ihre Augäpfel starr blickten.

»Jetzt, wo sie nicht mehr da ist, um für das Nötige zu sorgen ...«

Er meinte, etwas zu ahnen.

»Wollen Sie damit sagen, daß Jeanne Ihnen geholfen hat?«

Das hätte ihn nicht überrascht, dennoch gab es dabei einen dunklen Punkt: Er mußte sich fragen, woher Jeanne das Geld hatte.

»Allerdings! Es war ja wohl normal, daß sie für seinen Unterhalt zahlte...«

Sie sah ihn hart und herausfordernd an.

»Glauben Sie mir, ich hätte ihn lieber allein großgezogen, und ich komme nicht aus Vergnügen zu Ihnen...«

»Ist Pierre...?«

»Jede Frau hätte das sofort verstanden. Und wenn Sie nicht wie alle Männer so sehr mit sich selber beschäftigt gewesen wären, hätten auch Sie es gemerkt... Ich wollte mich ja auch gar nicht an Sie, sondern an Monsieur Jacques wenden... Ich bin zur Polizei dort in der Rue de Berri, wo man ihren Fall bearbeitet hatte, und habe versucht, seinen Namen und die Adresse zu erfahren... Aber sie wollten sie mir nicht geben...«

Deshalb also hatte sie vor zwei Tagen ihr bestes Kleid angezogen und an der Ecke des Boulevards auf den Bus gewartet.

»Ich habe mich sogar an das ›Hôtel Gardenia‹ gewandt. Dort war man sehr höflich, hat mir aber gesagt, daß sie grundsätzlich nie die Adressen ihrer Gäste weitergeben. Hätte sie mir doch wenigstens, bevor sie ging, noch gesagt, was ich tun soll...«

Pierrot war jetzt knapp zehn Jahre alt, also war er anderthalb gewesen, als Jeanne in Jeantets Leben eintrat. Sie hatte ihm nie etwas über das Kind gesagt. Erst als er sechs Jahre alt war und in die Schule kam, hatte sie ihn hier im Haus bei dem alten Fräulein untergebracht.

»Ich möchte wirklich wissen, warum sie mir nie etwas davon gesagt hat...«, murmelte er.

Geradezu haßerfüllt erwiderte sie:

»Weil sie in Ihnen eine Art lieben Gott gesehen und immer nur in der Angst gelebt hat, Sie zu enttäuschen oder Ihnen Kummer zu bereiten! Sie hat Sie als etwas ganz Besonderes angesehen, das wußten Sie doch genau, und Sie haben ja auch alles dazu getan, daß sich daran nichts änderte. Hätten Sie das Kind denn zu sich genommen?«

Er wußte nicht, was er antworten sollte. Er war sich nicht sicher, daß er bei all den Schwierigkeiten, die das mit sich gebracht hätte, eine dritte Person in seiner Wohnung geduldet hätte. Zum Beispiel wäre es ihm unmöglich gewesen, eine Existenz wie sein Bruder Lucien zu führen. Allerdings lag dieser Fall ja auch anders.

Er wußte ehrlich nicht, was er getan hätte.

»In gewisser Hinsicht hat sie Sie schon ganz gut gekannt! Im übrigen wollte sie auch gar nicht, daß das Kind erfuhr, wer seine Mutter war. Da sind sie alle gleich, erfinden lieber allerhand Geschichten, auf die Gefahr hin, sich damit in Schwierigkeiten zu bringen...«

»Weiß er es immer noch nicht?«

»Ich habe ihm letzte Woche die Wahrheit gesagt.«

»Warum?«

»Weil ich merkte, daß er sie erriet und ich ihm Kummer ersparen wollte.«

»Was haben Sie ihm sonst noch erzählt?«

»Alles.«

In ihrer Überzeugung, richtig zu handeln, bot sie ihm immer entschlossener die Stirn.

»Wenn Sie sich einbilden, daß Kinder nichts wissen, vor allem in einem Viertel wie diesem hier! Ich habe ihm erklärt, daß er auf die Welt kam, bevor sie Sie kennengelernt hat, und daß sie es nicht gewagt hat, mit Ihnen darüber zu sprechen...«

»Wo ist er geboren?«

»In der Frauenklinik am Boulevard de Port-Royal.«

Genau dort, wo seine Schwester Blanche arbeitete! Vielleicht hatte Blanche Jeanne im Kreißsaal beigestanden, der Mutter ihr Neugeborenes in die Arme gelegt?

Er traute sich nicht, all die Fragen zu stellen, die ihm jetzt in den Sinn kamen, und bedauerte, daß nur diese feindselige alte Frau ihm Antworten geben konnte.

»Hat sie damals allein gelebt?«

»Jetzt, wo es zu spät ist, werden Sie plötzlich neugierig! Wenn Sie sich nur ein wenig früher um sie gekümmert hätten, wäre vielleicht nichts passiert...«

»Was wollen Sie damit sagen?«

»Ist das vielleicht nicht unmenschlich, eine Frau zu nehmen und zu beschließen, daß diese von einem Tag auf den anderen keine Vergangenheit mehr haben soll?«

Jeantet lief rot an wie an jenem ersten Abend auf dem Polizeikommissariat, als er das Gefühl hatte, daß Gordes und er sich in zwei ganz verschiedenen Sprachen ausdrückten.

Da wurde er nun in seinem eigenen Haus angeklagt, an Jeannes Unglück, an ihrem Tod schuldig zu sein, nachdem er doch so viele Jahre hindurch nur ihr zuliebe geschwiegen hatte.

Aber war er da wirklich so sicher? Die Alte mit ihrem ruhigen schrecklichen Blick verunsicherte ihn vollends.

»Sie hat natürlich mit einem Mann gelebt und ihren Lebensunterhalt in der Gegend des Montparnasse-Bahnhofs verdient, genauso wie sie später versucht hat, ihn sich hier zu verdienen...«

Sie warf einen kurzen Blick zur Fassade des Stundenhotels hinüber.

»Sie hatte das Kind nicht weit von hier, in der Nähe von Versailles in Pflege gegeben. Das kostete viel Geld, weil solche Leute das ja ausnutzen. Der Mann verlangte, daß sie das Kind der Fürsorge übergeben sollte. Da hat sie sich gesagt, wenn sie allein arbeiten würde, könnte sie alles, was sie verdiente, für sich behalten und auf diese Weise für ihren Sohn aufkommen.

Eines Abends ist sie dann weggegangen und hat sich eingebildet, wenn sie in einem anderen Viertel arbeitet, findet er sie nicht. Sie hatte ihm sogar einen Brief hinterlassen, in dem sie ankündigte, daß sie in die Provinz zurückkehren wollte und es keinen Sinn hätte, sie zu suchen, und daß sie auf keinen Fall zu ihm zurückkehren würde...«

»Und das hat sie Ihnen alles erzählt?«

»Wer denn sonst? Glauben Sie vielleicht, daß sie nicht gewußt hat, was sie tat, oder daß man so etwas vergessen kann?«

Ob Jeanne auch mit ihm darüber gesprochen hätte,

wenn er ihr Fragen gestellt oder wenn er eine Atmosphäre geschaffen hätte, in der einem solcherlei Geständnisse leichter fallen?

Sie hatte geglaubt, daß er nichts wissen wollte und ihre Vergangenheit ablehnte.

»Er hat nur drei Tage gebraucht, um sie zu finden, und da hat er sie dann zur Strafe gezeichnet ...«

Also war die Jeanne, die er bei sich aufgenommen hatte, eine ganz andere Frau gewesen, als er sich vorgestellt hatte. Auch sie beide hatten ganz verschiedene Sprachen gesprochen, so daß es zwischen ihnen keinen Dialog geben konnte.

»Wann hat Sie Ihnen denn all dies anvertraut?«

»Als sie beschloß, ihren Sohn in ihre Nähe zu holen.«

»Und vorher hat sie ihn nie besucht?«

»Einmal in der Woche, mittwochs natürlich. Da mußte sie immer ein Taxi nehmen, was sie teuer zu stehen kam, und sich sehr beeilen.«

Die Mittwochnachmittage, die er sich stets für seine sogenannte Runde vorbehalten hatte ... Rue François-Ier, dann der Faubourg Saint-Honoré und Monsieur Nicollet ganz am Ende des Flures mit seinen Magenpillen, schließlich der Drucktisch in der Druckerei an der Börse, wo er von geschäftigen Männern in grauen Kitteln umgeben war ... Dieser Tag bedeutete für Jeanne etwas völlig anderes ... Sie mußte sich in der Zeit anziehen, nervös im Taxi dorthin fahren, wieder zurückkommen und ihn in der Wohnung in der ihm vertrauten Weise erwarten ...

Wenn Jeantets Leben, sein Zeitplan, all seine Unternehmungen nicht so geradezu pedantisch bis ins kleinste geregelt gewesen wären, wäre all dies auch nicht möglich gewesen, dann wäre er doch mindestens einmal früher als erwartet zurückgekommen und hätte sie dann weder zu Hause noch in einem der Geschäfte ringsum, wo er vermutlich nach ihr gesucht hätte, gefunden.

Er konnte es immer noch nicht fassen und versuchte, Einwände zu erheben.

»Aber das Geld?«

»Allerdings, das Geld! Sie haben ihr mit Ihrer Knickrigkeit das Leben ganz schön schwer gemacht!...«

Das war ein ungerechter Vorwurf! Er war weder knickrig noch geizig. Ein Beweis dafür war doch, daß er sehr viel mehr Geld hätte verdienen können, wenn er auch solche Aufträge angenommen hätte, die ihm nicht gefielen. Bei *Art et Vie* hatte man ihm eine Stelle angeboten, die ihn allen Sorgen enthoben hätte. Auch bei der Druckerei an der Börse und noch bei mindestens zwei Verlagen hätte er ebenfalls einen gut bezahlten Posten bekommen können.

Aber seine Freiheit, die Einsamkeit in seiner Werkstatt war ihm lieber gewesen, dieses eher gemütliche Leben in ständigem Kontakt mit Jeanne in der kleinen abgeschlossenen Welt ihrer Wohnung.

Und nun sollte diese Welt nur in seiner Vorstellung existiert haben, und man sprach ihm von Geld, warf ihm schmutzigen Geiz vor.

»Ich habe ihr doch Geld gegeben...«

»Sie haben ihr jeden Morgen das Geld gegeben, das sie zum Einkaufen brauchte...«

»Ja und?«

Es war doch nur aus Diskretion, daß er die Beträge, die er Mittwoch abends mitbrachte, in eine Schublade legte. Die Schublade war nicht abgeschlossen. Sie hätte sich selbst das herausnehmen können, was sie brauchte.

Als er ihr anfangs Sachen zum Anziehen gekauft hatte, war sie ganz traurig und verwirrt gewesen.

»Immer muß ich dich um etwas bitten. Ich mache dir nur das Leben schwer ...«

Sie brachte ihm stets das Wechselgeld zurück und legte ihre Ehre darein, genau abzurechnen.

»Heute früh habe ich die Rechnung beim Bäcker bezahlt, und beim Metzger habe ich vierhundertdreiundfünfzig Francs ausgegeben ...«

Nicht er hatte dieses strenge Regime eingeführt. Er hatte es einfach nur aus Zartgefühl akzeptiert. Sie fürchtete, geldgierig zu wirken, und er glaubte zu verstehen, warum. Für sich selber kaufte sie immer nur das Billigste. Daß sie so gar keinen persönlichen Aufwand trieb, lag ganz an ihr selber.

Er hatte zu ihr gesagt:

»Ich mag dich so wie du bist, in deinem schwarzen Kleid, mit der in die Wange fallenden Strähne und deinen etwas blassen Lippen ...«

Nicht weil Schminke ihn an ihre Vergangenheit erinnert hätte. Sie hatten sich beide ineinander getäuscht, und zwar mit den besten Absichten.

Und heute warf sich da eine alte Jungfer, die er nie hatte leiden können, zum Richter auf, verteidigte Jeanne und klagte ihn sozusagen in deren Namen einer gewissen Gemeinheit an.

»Sie hatte gar keine andere Wahl, als ein wenig zu

schummeln ... Ein paar Francs hier ... Ein paar Francs beim Lebensmittelhändler ... Und als dann Pierre am Blinddarm operiert werden mußte und ins Krankenhaus kam ...«

Davon hörte er zum ersten Mal. Er sah die Alte ängstlich an und fragte sich, was er denn noch alles aus ihrem blassen und grausamen Mund hören würde.

»Das war noch bevor ich ihn bei mir aufnahm ... Damals lebte er noch auf dem Lande ... Sie wollte ihn nicht als Sozialfall behandeln lassen ... Ich habe jetzt vergessen, wieviel das gekostet hat, aber es war viel Geld ...«

Sie hatten während all der Zeit auf engstem Raum zusammengelebt, kaum einmal eine Stunde verstreichen lassen, ohne einander anzusehen oder ein Wort zu wechseln, und sie hatte dabei all diese Sorgen in ihrem Kopf gewälzt und Probleme gelöst, von denen er keine Ahnung hatte.

»Wie hat sie das geschafft?«

»Na, was glauben Sie? Ich hatte gerade das Kleid einer Kundin enger gemacht, die abgenommen hatte, ein seidenes Kleid mit blauen Blumen, wie ich mich noch genau erinnere. Damals waren meine Augen noch gut. Sie hat es anprobiert. Das Kleid paßte ihr wie angegossen. Sie bat mich, es ihr für einen Nachmittag zu leihen. Dann ist sie in die Rue Caumartin ...«

An einem Mittwoch!

»Dort gibt es anscheinend neben einem Stundenhotel eine elegante kleine Bar. Innerhalb von zwei Stunden hat sie genug verdient, um das Krankenhaus zu bezahlen.«

»Und ist sie dort noch öfter hin?«

»Was ist da für ein Unterschied, ob sie einmal oder zehnmal oder hundert Mal dorthin ist? Ja, was macht es schon, daß sie überhaupt dorthin ist? Schließlich wußten Sie doch Bescheid, als Sie sie aufgefordert haben, bei Ihnen zu bleiben! Hat sie Sie vielleicht angelogen?«

Sie redete genauso wie Inspektor Gordes. Und genau wie er hätte auch sie sagen können: »Eine unter tausend... *Wenn überhaupt!*«

»So, jetzt wissen Sie's. Wenn da nicht der Junge wäre, der nichts dafür kann, wäre ich bestimmt nicht heruntergekommen und hätte Ihnen Ihre bequemen Vorstellungen gelassen...«

Bequeme Vorstellungen...

Er mußte sich doch wirklich fragen, ob er soviel Strenge verdient hatte.

»Erzählen Sie weiter...«

»Was?«

»Alles.«

»Haben Sie noch nicht genug?«

»Ich muß einfach begreifen.«

»Da gibt es nicht viel zu begreifen. Sie war gezwungen, hin und wieder das zu tun, was sie vorher jeden Tag getan hatte. Ihnen hat sie nichts weggenommen. Aber da die Männer so ihre Vorstellungen haben, mußte sie eben so mutig sein, alles für sich zu behalten, zu mogeln, sich zu verstecken und Ihnen Ihre Seligkeit zu lassen...«

Seligkeit!...

Er hatte die Näherin für eine engstirnige, ziemlich

verdorrte alte Jungfer gehalten und hatte jetzt plötzlich das Gefühl, daß sie womöglich mehr Dinge über ihn wußte, als er sich je vorgestellt hatte. Aber es schien ihr geradezu boshaftes Vergnügen zu bereiten, alles in ein falsches Licht zu rücken.

»Wenn ich die Wahl gehabt hätte, hätte ich es auch lieber wie sie gemacht und mit Monsieur Jacques geredet statt mit Ihnen . . .«

Er mußte zuerst schlucken, bevor er fragen konnte:

»Hat er es gewußt?«

»Was?«

»Das mit dem Kind . . .«

»Seit einem Jahr zahlte er für seinen Unterhalt.«

»Wo hat er sie denn kennengelernt?«

Er bekam schon Angst, daß dieser Mann in seine Wohnung gekommen sein könnte.

»In der Rue Caumartin natürlich!«

»Ist das lange her?«

»Vor über einem Jahr, das habe ich Ihnen doch schon gesagt . . .«

»Und ist sie danach noch einmal hin?«

»Wohin?«

»In die Rue Caumartin . . .«

»Warum hätte sie noch einmal dorthin sollen, nachdem er sich doch um alles kümmerte? Er hat ihr auch immer wieder zugeredet, Sie zu verlassen! Er hat ihr ein Zimmer gemietet, Kleider und Wäsche gekauft, die sie allerdings kaum Gelegenheit hatte, anzuziehen . . .«

Immer Mittwoch nachmittags! Und wenn er von der Rue François-Ier zum Faubourg Saint-Honoré ging, kam er ganz nahe an der Rue de Berri vorbei.

»Wissen Sie, was das für ein Mann ist?«

»Ein richtiger Herr, Geschäftsmann. Er hat ein großes gelbes Auto und wohnt am Bois de Boulogne.«

»Verheiratet?«

»Natürlich.«

»Kinder?«

»Zwei. Wegen der Kinder konnte er sich nicht scheiden lassen. Da er schuldig war, hätte das Gericht die Kinder seiner Frau zugesprochen, und er wollte sich nicht von ihnen trennen ...«

»Hätte Jeanne sich scheiden lassen?«

»Das hat sie mir nicht gesagt. Ich glaube nicht, aber ich hätte ihr recht gegeben, wenn sie es getan hätte.«

Er war jetzt nicht mehr so sicher, daß der Brief an ihn adressiert gewesen war. Hatten die Leute vielleicht deshalb behauptet, keinen Brief in dem Zimmer gefunden zu haben, weil der Umschlag einen anderen Namen und eine andere Adresse trug?

Das würde er schon noch herausbekommen. Unbedingt. Er tappte jetzt nicht mehr im dunkeln und würde seine Fragen anders stellen. Ganz natürlich, daß sie ihn nicht verstanden hatten, aber von nun an würden sie einen anderen Mann vor sich haben.

Fürs erste war er zwar noch am Boden zerstört, fühlte aber genau, daß er das überwinden und der Wirklichkeit ins Auge blicken würde. Er war Mademoiselle Couvert, die die ganze Zeit über mit gefalteten Händen dasaß, bereits nicht mehr böse.

»Also was haben Sie jetzt mit dem Jungen vor?«

»Weiß er, daß Sie bei mir sind?«

»Nein. Ich habe ihn vorsichtshalber ins Kino geschickt. Auch gestern schon, denn ich bin auch gestern nachmittag hier heruntergekommen. Aber dann im letzten Augenblick...«

»Warum haben Sie ihm nichts davon gesagt?«

»Weil er es vielleicht ablehnen würde.«

»Er mag mich nicht?«

»Vorher war er einfach nur eifersüchtig...«

»Aber er wußte doch gar nicht, daß Jeanne seine Mutter war«, entgegnete er.

»Na und? Kann ein Kind nicht trotzdem eifersüchtig sein? Und seit das passiert ist, haßt er Sie...«

»Denkt er vielleicht, daß ich daran schuld bin?«

»Wer denn sonst?«

Er hatte keine Kraft, sich zu verteidigen. Er hätte es nur ganz ungeschickt getan und sich vielleicht nur noch mehr hineingesteigert.

»Sagen Sie mir einfach, wieviel meine Frau Ihnen jeden Monat gegeben hat... Dann werde ich Ihnen den gleichen Betrag geben...«

»Das reicht jetzt, wo er so wächst und alles so viel teurer geworden ist, Kleider, Hemden, vor allem Schuhe, nicht mehr...«

»Dann zahle ich das, was Sie von mir verlangen.«

Bei diesem leichten Sieg verlor sie die Fassung, genauso wie Jeannes Eltern sie auf dem Rathaus auch verloren hatten. Plötzlich betrachtete sie ihn mit einer neuen Form der Neugier, in die sich auch Mißtrauen mischte.

Trotzdem entschuldigte sie sich auf ihre Art.

»Ich bin ja nicht zu meinem Vergnügen hergekommen, um Ihnen dies alles zu erzählen. Aber wenn ich

Sie schon um Geld bat, mußte ich Ihnen doch auch die Wahrheit sagen ...«

»Das war ganz richtig.«

»Sind Sie ihr böse?«

»Wem?«

»Ihr natürlich. Aber das hätte sie nicht verdient. Denn wenn sie sich Ihretwegen nicht so große Sorgen gemacht hätte ...«

Das Schlimmste war, daß er irgendwie spürte, wie recht sie hatte.

»Man kann eine Frau nicht so am Gängelband führen ...«

Plötzlich sah er Jeanne deutlicher als in den letzten Wochen vor sich, im Eßzimmer, wie sie an der Nähmaschine saß, in der Küche oder auch, auf ein Zeichen von ihm wartend, an der Tür stehen ...

Hatte sie nicht acht Jahre lang wie ein Haustier in dieser Wohnung gelebt, sich von einer Ecke in die andere verdrückt, sich stets nach den Launen ihres Herrn gerichtet und den Augenblick abgewartet, da eine Zärtlichkeit oder ein gutes Wort für sie abfiel?

»Ich möchte so gern, daß du glücklich bist!«

Das merkwürdigste war, daß er das gleiche dachte und sagte. War es ihm am Ende nicht zuwider, sich unablässig so ängstlich beobachtet zu fühlen? Obwohl sie die Antwort schon von vornherein kannte, fragte sie ihn:

»Woran denkst du?«

»An dich.«

»Was denkst du?«

»Ich möchte sicher sein, daß du glücklich bist ...«

Sie zwang sich zum Lachen oder kam zu ihm, um ihn auf die Stirn zu küssen. War dies auch einmal an einem Mittwoch abend geschehen? Wahrscheinlich. Und kurz vorher war sie in der Rue Caumartin gewesen, um den Unterhalt für ihren Sohn zu verdienen, später dann in der Rue de Berri, um den Mann zu treffen, den sie Mademoiselle Couvert gegenüber Monsieur Jacques nannte, wenn sie von ihm erzählte.

Denn ihr erzählte sie ja von ihm. Sie mußte einfach mit irgend jemandem darüber sprechen. Nicht mit ihm. Sondern mit der Alten, die einen Stock höher wohnte.

Auch über Jeantet sprach sie, sagte aber nur:

»Er ist so gut!«

Durchschaute sie denn nicht, daß er nicht gut war, sondern eben ein Mann?

Was wäre denn geschehen, wenn sie ihm die Wahrheit gestanden hätte? Er hatte keine Ahnung. Es waren zu viele Dinge auf einen Schlag. Er wußte nur eines, daß ihn sein Instinkt nicht getrogen hatte. Wie oft hatte er ein Unbehagen gespürt, ein Gefühl der Unwirklichkeit und des Zerfalls?

Er schloß sich in seinen vier Wänden ein, schloß auch Jeanne mit ein, um sich vorzumachen, daß sie beide wirklich existierten und eine Einheit bildeten, daß ihr Leben das wahre Leben war. Und aus übertriebener Vorsicht war er verbissen darauf bedacht, daß jedes Ding an seinem Platz lag, so als spielten auch die Dinge ihre Rolle mit, und auch die Zeit mußte jeden Tag gleich eingeteilt werden.

Auf diese Weise, so dachte er naiv, konnte ihm nichts entgehen.

Mit angehaltenem Atem hatte er so eine imaginäre Existenz aufgebaut, die nun von einer alten Frau wie eine Kerze ausgeblasen worden war.

»Für vergangenen Monat...«

»Entschuldigen Sie. Wieviel macht das?«

»Die Kleider mitgerechnet, die ich ihm kaufen muß, und die Bücher für das neue Schuljahr...«

Sie rechnete halblaut, nannte dann einen Betrag und beobachtete ihn, um zu erkennen, ob er ihn vielleicht übertrieben fand.

»Jeanne wußte genau, daß ich immer nur das Nötigste von ihr verlangt habe...«

Er diskutierte nicht lange, sondern zog die Schublade auf, jene Schublade mit dem Geld, die nach den Anklagen der Alten plötzlich eine ganz neue Bedeutung erhalten hatte. Er zählte die Geldscheine ab.

»Danke im Namen des Jungen. Wenn ich die Adresse von Monsieur Jacques herausbekomme, werde ich Sie nicht mehr belästigen.«

»Sie brauchen nicht weiter danach zu suchen.«

»Heißt das, daß Sie weiterzahlen?«

Er nickte, begleitete sie zur Tür, wobei er im Vorübergehen einen Stuhl beiseite schob, an den sie fast gestoßen wäre. Ohne sich noch einmal umzudrehen, stieg sie mit ihrem zögernden Schritt die Treppe hinauf.

Er schloß die Tür wieder, doch hatte diese Geste nicht mehr die gleiche Bedeutung wie früher. Jahrelang war sie für ihn geradezu symbolisch, wie ein Ritus, eine Beschwörung gewesen: er durchquerte den Hof, wo bei der Concierge hinter der schmutzigen Fensterscheibe Licht brannte, betrat das stets dunkle Treppenhaus, machte, ohne den Schlüssel zu brauchen, seine Wohnungstür auf, wo er hörte, wie Jeanne in einem der Zimmer von ihrem Stuhl aufstand. Aber selbst wenn sie sich nicht rührte, wußte er doch, daß sie da war, er spürte ihre Gegenwart, und das Schließen der Tür war dann so, wie wenn er eine Barriere zwischen ihnen und allem, was gefährlich, feindlich, bedrohlich war, errichtete.

So befanden sie sich allein in ihren vier Wänden, in die nur die anonymen Geräusche eindrangen, die ihnen willkommen waren oder von wo sie von oben auf die Verdecke der Busse und auf den Strom der Passanten hinuntersahen, die ihnen nichts antun konnten.

Was er dann in seinem Innersten fühlte, das hatte er Jeanne nie gesagt. Er hatte es auch nie so genau gedacht. Nur ein einziges Mal war es geschehen, daß er sich in seinen Sessel setzte, die Beine ausstreckte und dabei aufseufzte:

»Wie gut!«

Waren seine Gesten denn nicht beredt genug, seine Art, die Werkstatt zu betreten, seinen Hut aufzuhängen, die beiden Zeichentische, die Tuschebuchstaben an den Wänden und Jeanne anzublicken, die ihre Näh- oder Küchenarbeit unterbrach?

Als kleiner Junge in Roubaix hatte er einen Bankangestellten gekannt, der stets auf die Minute genau von zu Hause wegging und wieder heimkam. Man sah ihn gegenüber den Gehsteig entlanggehen und schon zwanzig Meter vor seiner Tür den Schlüssel an einer langen glitzernden Kette aus der Tasche ziehen.

Auch er machte große, fast ebenso langsame Schritte

wie Jeantet, was seinem Gang etwas Feierliches verlieh. Er hielt den Kopf hoch, seine Miene war undurchdringlich, er trug stets die gleiche Gelassenheit zur Schau, Jeantet hatte seine Mutter mehr als einmal sagen hören:

»Der fühlt sich wohl als Halbgott...«

Vielleicht hatte Jeanne auch von ihm den Eindruck, daß er sich als Halbgott fühlte? Hatte Mademoiselle Couvert in ihrer Ungeduld vorhin nicht auch bissig bemerkt, daß er für Jeanne so etwas wie der liebe Gott gewesen war?

Der liebe Gott saß jetzt zusammengekauert in seinem Sessel. Der Bankangestellte war übrigens eines Abends auf dem Heimweg von seinem Büro, als er bereits den Hausschlüssel in der Hand hielt, zehn Meter vor seiner Haustür mitten auf dem Gehsteig zusammengebrochen.

Jetzt hörte man hastige Schritte auf der Treppe, dann ein Türschlagen im Stock über ihm. Pierre war aus dem Kino zurückgekehrt und hatte als erstes einmal auf dem Herd nachgesehen, was es zum Abendessen gab.

Jeantet, der auf einen Buchstaben seines unvollendeten Alphabets, des Jeantet-Alphabets, an der Wand starrte, an dem er nun schon seit Jahren arbeitete, schloß plötzlich die Augen, da seine Lider brannten.

Er empfand weder Wut noch Groll, vielleicht nicht einmal Bitterkeit. Er spreizte sanft die Finger, faßte ins Leere, spreizte sie wieder und streichelte zögernd und zärtlich das Leder seines alten Sessels.

3

Diesmal kam er nicht als gewöhnlicher Bittsteller, und er schenkte den auf der Bank Wartenden, die mit dem Rücken an der mit Hausmitteilungen bedeckten Wand lehnten, nur einen flüchtigen Blick. Er wandte sich über die Theke hinweg an den diensthabenden Wachtmeister, der die Beschwerden einer bescheiden gekleideten Frau anhörte, die mit Tränen in den Augen erzählte, wie ein Dieb – »Ein Kind, Herr Wachtmeister! Er war bestimmt nicht älter als vierzehn!« – ihr auf den Grands Boulevards die Handtasche entrissen hatte.

»Ich bin mit Inspektor Gordes verabredet«, mischte er sich in den Monolog.

»Er erwartet Sie. Sie können hinaufgehen. Den Weg kennen Sie ja.«

Er hatte vorsichtshalber vorher bei Gordes angerufen, der nicht überrascht schien. In dem ersten Raum, wo zwei Männer an der Maschine schrieben und ein Algerier auf einem Stuhl saß und wartete, wies man ihm die Tür zum Inspektor, an die er sich genau erinnerte.

»Klopfen Sie. Klopfen Sie ruhig kräftig, er hat bestimmt das Fenster offen.«

Gordes hatte das Jackett abgelegt, auf seinem Schreibtisch stand ein halbleeres Glas Bier.

»Kommen Sie herein, Jeantet. Ich habe immer gewußt, daß wir uns noch einmal wiedersehen würden.«

Er musterte ihn sichtlich neugierig und verhehlte

auch nicht seine Überraschung über die offenbar veränderte Haltung Jeantets.

Dieser nahm das als Kompliment auf, denn er hatte selber das Gefühl, endlich seiner Kindheit entwachsen zu sein. Aber scheu war er immer noch. Oder vielmehr linkisch, aus mangelnder Gewohnheit, und er blickte den Leuten nur zögernd ins Gesicht. Doch daß er hier angerufen hatte, sagte schon viel, und da man ihm keine Fragen stellte, sagte er geradeheraus:

»Ich wollte Sie um einen Gefallen bitten, um eine Auskunft, die ich brauche und die Sie mir bestimmt leicht beschaffen können, während ich selber sie wohl nicht bekomme.«

In den Augen des Polizisten blitzte Ironie auf, die aber weder boshaft noch aggressiv war.

»Es geht um einen Namen, eine Adresse. Ich glaube, Sie verstehen schon?«

Diesmal schob Gordes die Brauen zusammen, während er mit seinem bräunlichen Zeigefinger seine Pfeife stopfte.

Jeantet ließ sich nicht aus dem Konzept bringen.

»Der Vorname ist Jacques, das weiß ich. Im Roule-Kommissariat werden sie mir nichts sagen wollen, und das Hotel darf die Adressen seiner Gäste nicht bekanntgeben.«

»Waren Sie dort?«

»Nicht ich. Jemand anderes.«

»In Ihrem Namen?«

»Nein.«

»Erzählen Sie doch mal...«

»Eine alte Jungfer, die im Stockwerk über mir

wohnt, und bei der meine Frau ihren Sohn untergebracht hatte...«

Gordes kratzte sich an der Nase.

»Ach, sie hatte einen Sohn?«

»Das habe ich erst vor drei Tagen erfahren.«

»Aus der Zeit vor Ihnen?«

»Ja. Er ist zehn. Als ich seine Mutter kennenlernte, war er in Pflege. Wußten Sie das nicht?«

»Ich habe meine Untersuchungen nicht so weit getrieben. Es handelte sich um einen alltäglichen Fall. Niemand hat Anzeige erstattet. Was ich aber nicht verstehe, ist, wozu Sie diesen Namen und diese Adresse wollen. Vor allem sehe ich gar nicht, was das mit dem Kind zu tun haben könnte.«

»Es hat nichts damit zu tun.«

»Also dann?«

»Ich muß mit diesem Mann sprechen.«

»Weiß er etwas von dem Kind?«

»Er hat es nie gesehen. Aber seit einem Jahr zahlt er seinen Unterhalt.«

Gordes kaute auf seinem Pfeifenrohr herum. Aus seinen Augen sprach Befriedigung, aber auch immer noch große Neugier.

»Wie haben Sie das alles herausbekommen? Hat die Alte Ihnen die Augen geöffnet?«

»Ja. Auch sie hat die Adresse nicht gefunden, und sie braucht Geld.«

»Und dann hat sie es von Ihnen verlangt, wie? Sie hat ausgepackt! Aber als ich Ihnen auch nur ein Zehntel, ein Hundertstel davon sagte, wollten Sie mir nicht glauben.«

»Tut mir leid.«

»Was wollen Sie denn von dem Mann?«

»Mit ihm reden.«

»Worüber?«

»Ich glaube, daß der Brief an ihn adressiert war.«

»Geistert denn dieser Brief immer noch in Ihrem Kopf herum?«

»Ich weiß, daß Ihre Kollegen weiterhin behaupten, daß es ihn nicht gibt, aber ich bin fest überzeugt, daß Jeanne geschrieben hat.«

»Und Sie möchten wissen, was sie an einen anderen Mann geschrieben hat?«

Vielleicht fand er jetzt doch, daß Jeantet sich nicht so sehr entwickelt hatte, wie er anfangs dachte. Er betrachtete ihn immer noch voll Neugier, doch war sie mehr professioneller Art, wie wenn man seiner Sammlung ein neues Stück hinzufügen kann.

»Warum sind Sie ausgerechnet zu mir gekommen?«

Jeantet wagte nicht, die Wahrheit zu sagen. Er hatte gedacht, der Inspektor würde ihm diesen Dienst aus reiner Selbstgefälligkeit erweisen, um ihm zu zeigen, wie leicht alles für ihn war und wie weit seine Macht reichte, andererseits aber auch aus Neugier, um das Ende der Geschichte zu erfahren.

»Als Sie das erste Mal zu mir kamen, wollten Sie mir nicht glauben und haben in mir nur einen Rohling gesehen, der eine heilige Sache in den Schmutz ziehen wollte.«

»Tun Sie's trotzdem?«

»Sind Sie bewaffnet?«

»Ich habe in meinem ganzen Leben nie einen Revolver besessen und könnte auch nicht einmal damit umgehen.«

»Schwören Sie mir, keine Dummheiten zu machen?«

»Ich schwöre.«

»Also dann kommen Sie morgen früh um die gleiche Zeit.«

An der Tür stellte er noch eine letzte Frage:

»Haben Sie der Alten Geld gegeben?«

»Ja.«

»Bis morgen.«

Jeantet war überzeugt, daß er jetzt einen anderen Gang hatte, daß er es auch wagte, den Vorübergehenden ins Gesicht zu sehen, und daß sein großer Körper mehr Festigkeit, mehr Gewicht hatte. War nicht sogar der Milchhändlerin seine Verwandlung aufgefallen, sie hatte ihm doch sehr erstaunt nachgesehen, als er das Geschäft verließ!

Am nächsten Tag kam er pünktlich zur verabredeten Zeit. Auch diesmal ließ man ihn gleich hinaufgehen, doch mußte er im Vorzimmer noch eine Viertelstunde warten, da Gordes gerade eine Schaufensterdiebin verhörte. Er sah sie beim Herauskommen. Sie ähnelte ein wenig seiner Putzfrau, Madame Blanpain, und war so massiv gebaut, daß er sie im ersten Augenblick für einen Transvestiten hielt.

»Kommen Sie herein, Jeantet ... Ich stehe Ihnen zur Verfügung ...«

Er setzte sich auf den noch angewärmten Stuhl und steckte eine Zigarette an, was sehr vielsagend war, denn eine Woche vorher hätte er sich das nicht erlaubt. Das offene Fenster ging auf einen Hof hinaus, wo zwei Funkstreifenwagen standen, wovon in dem einen sechs mit Karabinern ausgerüstete Männer startbereit saßen. Wahrscheinlich gab es irgendwo Krawall oder vielleicht eine politische Versammlung.

»Sie erinnern sich doch noch an Ihr Versprechen?«

Er nickte.

Gordes hielt einen kleinen Zettel in der Hand, spielte damit herum.

»Nehmen Sie mir meine Frage nicht übel. Dieser Mann ist verheiratet und hat eine sehr angesehene Position. Sie haben ja doch wohl nicht vor, ihm eine Szene zu machen?«

»Ich möchte nur mit ihm sprechen und mich mit ihm dort treffen, wo er es wünscht, meinetwegen auch hier.«

»Das kommt nicht in Frage. Er wohnt in Neuilly, aber seine Adresse nützt Ihnen gar nichts, denn Sie sollen ihm nicht nach Hause schreiben oder ihn dort anrufen. Ich habe keine Ahnung, ob seine Frau eifersüchtig ist und ihn vielleicht überwacht. Man kann nicht vorsichtig genug sein.«

Jeantet nickte zustimmend.

»Er heißt Beaudoin, Jacques Beaudoin, und stammt aus dem Norden, aus Lille, wenn ich nicht irre.«

»Ich komme aus Roubaix.«

»Ich weiß. Sie sind beide Nordlichter. Er leitet ein großes Unternehmen für elektronische Anlagen, die SANEC, die mit dem Verteidigungsministerium zusammenarbeitet, wo er ein und aus geht. Er hat Werke in verschiedenen Landesteilen und hält sich viel im Ausland auf, vor allem in den Vereinigten Staaten. Vor einer Woche ist er aus Boston zurückgekommen.«

»War er dort, als …?«

»Ja. Er weiß aber trotzdem alles. Mein Kollege Massombre hat ihn in seinem Büro aufgesucht.«

»Haben sie über mich gesprochen?«

»Davon hat mir Massombre nichts gesagt.«

»Haben Sie nichts über den Brief gehört?«

»Man hat mir versichert, daß es keinen Brief gibt. Das glauben Sie wohl immer noch nicht?«

»Nein.«

»Ihre Sache. Wenn Sie hinterher Gelegenheit haben, kommen Sie doch noch vorbei. Es sei denn, Sie wollen lieber, daß ich dieser Tage mal bei Ihnen vorbeisehe.«

»Das würde mich freuen.«

War dies nicht alles schon viel wirklicher und handfester? Seine Finger zitterten nicht, als er in seiner Wohnung den Hörer abnahm und die Nummer wählte. Die SANEC hatte ihren Sitz in der Rue Marbeuf, nur zwei Schritte von der Rue François-Ier und ebenfalls nur zwei Schritte von der Rue de Berri entfernt.

»SANEC. Guten Tag?«

»Monsieur Jacques Beaudoin, bitte.«

»Wer ist am Apparat?«

»Bernard Jeantet.«

»Monsieur Beaudoin ist gerade in einer Besprechung und darf vor elf Uhr nicht gestört werden.«

Jetzt war es zehn. Er versuchte nicht zu arbeiten, um die Zeit totzuschlagen. Er stellte sich ans Fenster, setzte sich dann in seinen Sessel, horchte eine Weile auf Pierres Schritte, der Junge hatte wohl ein neues Spiel erfunden, er lief über seinem Kopf herum und zog einen schweren Gegenstand hinter sich her.

Punkt elf wählte er wieder die Nummer in der Rue Marbeuf, hörte dieselbe angenehme junge Stimme.

»Hier Bernard Jeantet ...«

»Einen Augenblick bitte ... Ich werde nachsehen, ob die Besprechung zu Ende ist.«

Es dauerte lange. Er dachte schon, die Verbindung sei unterbrochen, und wollte gerade auflegen, als endlich eine andere Frauenstimme sagte:

»Sekretariat Monsieur Beaudoin. Wer ist am Apparat?«

Er wiederholte mit leicht spöttischem Lächeln:

»Bernard Jeantet.«

Versuchte man, ihn zu beeindrucken, indem man seinem Gesprächspartner so große Bedeutung verlieh? Schließlich war er ja nur Jeannes Ehemann, jetzt ihr Witwer, eine ganz unwichtige Person, die keiner je gesehen hatte.

»Ich verbinde Sie mit Monsieur Beaudoin.«

Am anderen Ende der Leitung hüstelte jemand.

»Hallo! Wer ist am Apparat?«

Er wiederholte mindestens zum drittenmal, obwohl er überzeugt war, daß der andere genau wußte, um wen es ging:

»Bernard Jeantet ...«

»Ja ... Ich höre ...«

»Ich möchte mich gern mit Ihnen treffen und wollte Sie fragen, wann und wo das möglich wäre.«

In der nun folgenden Pause hörte er deutlich ziemlich heftiges Atmen.

»Sie können mir die Nachricht wohl nicht am Telefon vermitteln?«

»Es geht nicht um eine Nachricht.«

»Ich bin sehr beschäftigt...«

»Ich weiß. Es dauert auch nicht lange...«

»Hören Sie... In meinem Büro ist es schwierig... Warten Sie... Kennen Sie die Bar des ›Plaza‹?«

»Des ›Plaza Hotels‹ in der Avenue Montaigne?«

»Genau... Die Bar ist im Untergeschoß... Gegen drei oder halb vier ist dort kein Mensch... Sagen wir heute nachmittag um drei?... Moment, ich will nur schnell in meinen Kalender sehen...«

Er war nicht allein in seinem Büro, Jeantet hörte ihn mit jemandem reden, wahrscheinlich mit seiner Sekretärin. Ohne auch nur die Hand auf die Muschel zu legen, sagte er zu ihr:

»Jedenfalls dauert es nicht lange... Ich habe ja keine Lust, mich dem auszusetzen... Rufen Sie die Gebrüder Morton an und verschieben Sie die Verabredung auf vier... oder halb fünf, zur Sicherheit... Hallo! Monsieur Jeantet?... Also gut, dann heute nachmittag um drei in der Bar des ›Plaza‹... Sie brauchen nur den Barkeeper nach mir zu fragen...«

Er hatte den Eindruck, in diesen zwei Tagen größere Fortschritte gemacht zu haben als in all den Wochen seit Jeannes Tod. Alles lief wie am Schnürchen. Er brauchte nicht einmal seine Gewohnheiten zu ändern, denn es blieb ihm genügend Zeit, sein Essen zuzubereiten, zu Mittag zu essen, das Geschirr abzuwaschen und aufzuräumen, sich schließlich frisch zu machen und ein reines Hemd anzuziehen.

Er nahm an der Boulevard-Ecke den gleichen Bus wie die alte Mademoiselle Couvert, als sie zum Kommissariat des 8. Arrondissements gefahren war, stieg am Rond-Point des Champs-Elysées aus und ging dann in der Avenue Montaigne ganz langsam, weil er eine Viertelstunde zu früh dran war.

Er rauchte viel. Das war die einzige Veränderung in seinen Gewohnheiten in den letzten drei Tagen. Er zählte seine Zigaretten nicht mehr, und es kam vor, daß er eine an der anderen ansteckte. Er war nicht wütend, daß Monsieur Jacques, wie er ihn weiterhin bei sich nannte, als Treffpunkt die Bar eines Grandhotels gewählt hatte. Das hatte ja nicht unbedingt zu bedeuten, daß er ihn aus der Fassung bringen wollte, sondern er dachte vielleicht nur, daß sie dort ungestört wären.

In der Hotelhalle fragte ihn ein Mann in grauem Gehrock mit einer Silberkette um den Hals und weißen Handschuhen zugleich höflich und bestimmt:

»Was suchen Sie, mein Herr?«

»Die Bar.«

»Sie ist um diese Uhrzeit geschlossen.«

»Ich bin dort mit Monsieur Jacques Beaudoin verabredet.«

»Am Ende der Halle die Treppe links... Ich habe Monsieur Beaudoin noch nicht gesehen...«

Er ging an den Vitrinen mit goldfarbener Metalleinfassung vorbei, die Treppe mit dem schmiedeeisernen Geländer hinab, verirrte sich zuerst, sah Frauen in einem Frisörsalon und entdeckte schließlich einen dunklen und kühlen großen Raum mit niedriger Decke und tiefen Ledersesseln.

Er sah niemanden. Ein leichtes Zittern der Luft ließ auf eine Klimaanlage schließen. Irgendwo hinter der Bar, wo eine Tür halb offenstand, hörte er Gabelgeklapper, und nachdem er einige Male gehüstelt hatte, um auf sich aufmerksam zu machen, tauchte ein blonder junger Kellner in weißer Weste, der den Barkeeper wohl in den toten Stunden vertrat, mit vollem Mund auf. Er sprach französisch mit starkem skandinavischem Akzent.

»Suchen Sie jemanden?«

»Ich bin hier mit Monsieur Beaudoin verabredet.«

»Um diese Tageszeit?«

»Um drei Uhr.«

Eine kleine Uhr zwischen den Flaschen zeigte genau drei Uhr an.

»Dann wird er bestimmt gleich kommen. Nehmen Sie Platz.«

Er überlegte gerade, in welchen Sessel er sich setzen sollte, als ein Mann ohne Hut auf dem schütteren Haar mit geschäftiger Miene eintrat.

»Monsieur Jeantet, nehme ich an?«

»Ja.«

»Kommen Sie hier herüber ... Da, an diesem Tisch hier sitzen wir sehr gut ...«

Es war in einer Ecke, weit weg von der Bar. Der Mann setzte sich, legte die Beine übereinander, wobei er sein Hosenbein am Knie hochzog, zog ein goldenes Zigarettenetui mit seinem Monogramm aus der Tasche.

»Rauchen Sie?«

»Danke.«

Monsieur Jacques streckte ihm ein zu dem Etui passendes Feuerzeug entgegen, um seine Zigarette anzuzünden, und dabei berührten sich die beiden Männer fast.

»Haben Sie schon auf mich gewartet?«

»Nein. Ich bin gerade erst gekommen.«

»Ich treffe Sie lieber hier als in meinem Büro. Sie werden ja wohl verstehen, warum.«

»Sehr gut.«

Beaudoin, der sich unbehaglich fühlte, beobachtete Jeantet verstohlen, als hätte er Mühe, sich ein Bild von ihm zu machen. Sie hatten wohl beide mehr oder weniger das gleiche Alter und waren nur wenige Kilometer voneinander entfernt geboren. Der eine war gewohnt, Befehle zu erteilen, die auch befolgt wurden, und er befand sich hier in seinem gewohnten Element. Trotzdem war er jetzt der Ängstlichere, das Schweigen seines Gesprächspartners verwirrte ihn.

»Darf ich Sie fragen, warum Sie mich treffen wollten?«

Er hielt sich in der Defensive, befürchtete vielleicht einen Erpressungsversuch oder gar, wie ja auch Gordes einen Augenblick gedacht hatte, ohne allerdings daran zu glauben, daß Jeantet bewaffnet sein könnte.

Aber dieser war nicht nur nicht bewaffnet, sondern er betrachtete den Mann, mit dem sich Jeanne jeden Mittwoch in der Rue de Berri getroffen und der ein Jahr lang Unterhalt für Pierre gezahlt hatte, eindringlich und ohne Zorn.

Er führte bestimmt ein sehr aktives Leben, mußte bei all seinen Geschäften und den Hunderten von Leuten, die von ihm abhingen, seinen Mittag- und Abendessen im Restaurant, seinen Theater- und Kabarettbesuchen, seinen Empfängen in der Wohnung von Neuilly, seinen Aufenthalten in Deauville und Cannes, den Jagdpartien im Herbst, den Fahrten im eigenen Auto und den Flugreisen, die er machte wie andere Leute Busfahrten, ja auch noch Zeit finden.

»Haben Sie sie geliebt?« fragte er dann schließlich.

Er hatte diese Frage nicht vorbereitet. Sie war ihm einfach über die Lippen gekommen, und er selbst hörte seine Stimme wie von ferne, wie aus einer anderen Welt.

Der Kellner befreite Beaudoin aus der peinlichen Lage, antworten zu müssen.

»Möchten Sie etwas trinken, Monsieur Beaudoin?«

»Einen Weinbrand? ... Einen Likör? ...«

»Ein Mineralwasser.«

»Für mich einen Fruchtsaft.«

Dann, als der Kellner gegangen war:

»War es das, was Sie mich fragen wollten?«

»Ich weiß nicht ... Nein ... Ich mußte Sie einfach sehen ...«

Jetzt, da er ihn gesehen hatte, meinte er zu verstehen. Dennoch fragte er leise, fast wider Willen, weil es stärker war als er:

»Was hat sie über mich gesagt?«

»Wenn ich Ihre Frage richtig verstehe, sie hat sich geweigert, Sie zu verlassen, und wollte auf keinen Fall, daß Sie die Wahrheit erführen. Sie hatte große Angst, Ihnen Kummer zu bereiten.«

»Warum?«

Beaudoin, der begriffen hatte, daß Jeannes Ehemann ungefährlich war, ließ bereits Ungeduld erkennen.

»Weil sie sich in den Kopf gesetzt hatte, daß sie für Sie unentbehrlich war.«

»Hat sie auch gesagt, warum?«

»Muß ich das wirklich genauer erklären?«

»Nein. Ich wollte mich nur versichern, daß sie mit Ihnen darüber gesprochen hat.«

»Wenn es dieses Gespräch abkürzen kann, das ich als unangenehm empfinde: Ihr Leben ist mir ebensowenig ein Geheimnis wie das von Jeanne ...«

»Hätten Sie sie geheiratet?«

»Wenn das möglich gewesen wäre ... Im übrigen geht das ja nur mich etwas an ...«

»Hat sie Ihnen geschrieben?«

»Fast jeden Tag.«

Jeantet fand es nicht so wichtig, daß Jeanne heimlich Briefe aufgab, wenn sie ihre Einkäufe machte.

»Ich meine nicht diese Briefe, sondern den, den die Polizei Ihnen ausgehändigt hat.«

»Die Polizei hat mir überhaupt keinen Brief ausgehändigt ... Danke, Hans ...«

Er trank einen Schluck Fruchtsaft. Jeantet hingegen spürte kein Bedürfnis, an dem Viertel eiskalten Vichy zu nippen, den man ihm serviert hatte.

»Aber sie hat einen Brief geschrieben ...«

»Woher wissen Sie das?«

»Die Zimmerfrau hat ihn gesehen ... Einer der Inspektoren hat ihn eingesteckt ...«

»Vielleicht Massombre, der zu mir in mein Büro gekommen ist?«

»Ich glaube nicht. Ein anderer. Vielleicht Inspektor Sauvegrain.«

»War dieser Brief für mich?«

»Anfangs dachte ich, er wäre für mich.«

»Und jetzt?«

»Jetzt bin ich nicht mehr sicher. Ich frage mich langsam, ob ich nicht doch recht gehabt habe.«

»Und darüber wollten Sie mit mir reden?«

Er nickte, wenn auch nicht sehr überzeugt.

»Ist das alles?«

»Und sonst hat sie Ihnen nichts gesagt? War sie sehr unglücklich mit mir?«

Monsieur Beaudoin nahm eine Zigarette, vermied es diesmal aber, Jeantet eine anzubieten, sah auf die Uhr in der Ferne über der Bar und zeigte sich jetzt schroffer und aggressiver:

»Ja wußten Sie denn nicht, daß Sie sie mit Ihrer sogenannten Güte erstickt haben? So viel Naivität nehme ich Ihnen einfach nicht ab, Monsieur Jeantet. Sie haben das gebraucht, daß sie sich schuldig, beschämt, elend fühlte, weil Sie es gar nicht ertragen hätten, einer normalen Frau in die Augen zu sehen...«

Er bekam einen Wutanfall und ballte angesichts des seelenruhig dasitzenden, fast lächelnden Jeantet die Fäuste in seinem Sessel.

»Sind Sie deshalb hierher gekommen? Haben Sie sich vielleicht vorgestellt, daß ich Sie bedauern und Sie auch noch um Entschuldigung bitten würde, weil ich Ihnen die Frau weggenommen habe? Sie haben ihr doch gar nichts gegeben. Sie haben immer nur etwas von ihr verlangt. Begreifen Sie denn nicht, daß ein Mensch auch noch etwas anderes braucht, als den lieben langen Tag in vier Wänden zu leben und darauf zu warten, daß jemand, der an anderes denkt, sich einmal dazu herabläßt, einem mit zerstreuter Hand die Stirn zu tätscheln?«

Er stockte und sah ihn voller Verachtung an.

»Ich glaube, daß es das war, was Sie im Grunde hören wollten. Sie sind nicht nur impotent, sondern auch eine Art Ungeheuer und in diesem Augenblick so selbstzufrieden, daß Sie geradezu vor kindlichem Glück strahlen. Sie mußten den Mann in Fleisch und Blut vor sich sehen, mit dem sich Ihre Frau jede Woche getroffen hat, weil ihr Bedürfnis nach einem Eigenleben stärker war als alles, als ihr Mitleid und...«

»Hat sie das Wort ›Mitleid‹ gebraucht?«

»Anfangs habe ich es bereut, hierher gekommen zu sein. Jetzt bin ich froh darüber. Vielleicht habe auch ich zuletzt ein wenig Mitleid gehabt...«

Jeantet blieb gefaßt. Es war beeindruckend, wie bewegungslos er in einem Sessel, der nicht sein eigener war, in einer fremden Umgebung dasaß und einen Mann anstarrte, von dem ihn Welten trennten.

Er fragte mit ganz ruhiger Stimme:

»Haben Sie sich schon Gedanken über das Kind gemacht?«

Diese Worte genügten, um seinen Gesprächspartner aus der Fassung zu bringen.

»Ich werde natürlich weiterzahlen. Kann sein, daß ich es wegen meiner Reise diesen Monat nicht getan habe. Ich muß mal meine Sekretärin fragen...«

»Ich bin für den Unterhalt aufgekommen.«

»Dann werde ich Ihnen das Geld zurückgeben.«

»Nein, es geht nicht ums Geld.«

»Wenn ich richtig verstehe, worauf Sie hinauswollen, muß ich Ihnen leider sagen, daß ich wegen meiner familiären Lage . . .«

»Ich weiß. Aber ich kann.«

»Was bedeutet das?«

»Nicht sofort, weil der Junge sich erst an den Gedanken gewöhnen muß . . . Langsam aber sicher . . . Und eines Tages . . .«

Beaudoin wußte nicht mehr so recht, was er von ihm halten sollte. Ja, er überlegte sogar plötzlich, ob er sich nicht geirrt und ihm unrecht getan hatte.

»Haben Sie die Absicht, ihn zu adoptieren?«

»Ja.«

»Dagegen kann ich wohl nichts unternehmen.«

»Nein, nichts.«

»Wollten Sie mir sonst noch etwas mitteilen?«

»Nein. Außer, daß Jeanne in Esnandes begraben worden ist.«

»Das weiß ich. Und ich weiß auch, daß Sie nicht dort waren.«

»Und Sie?«

»Ich ebenfalls nicht. Bei mir ist das etwas anderes. Außerdem war ich in Boston.«

»Ja . . .«

Jacques Beaudoin hatte sich erhoben und wandte sich jetzt, nachdem er Jeantet noch einmal von oben herab angesehen hatte, denn dieser war in seinem Sessel sitzen geblieben, der Bar zu.

»Setzen Sie die Getränke auf meine Rechnung, Hans.«

»Jawohl, Monsieur Beaudoin.«

Es war geschafft. Fast geschafft. Für das übrige mußte er noch fast einen Monat warten, denn er wollte nicht in den dritten Stock hinaufgehen. Er wartete, bis Mademoiselle Couvert kam, um das Geld für den Unterhalt abzuholen.

Sie kam auf den Tag genau, klopfte an seine Tür.

»Entschuldigen Sie, aber heute ist der 30. und...«

»Kommen Sie herein, Mademoiselle Couvert. Das Geld liegt schon bereit.«

Er hatte seit dem letzten Mal eine weitere Wandlung durchgemacht, und sie begann sich schon zu beunruhigen.

»Setzen Sie sich...«

»Aber der Junge kommt gleich aus der Schule zurück...«

»Richtig... Über ihn wollte ich mit Ihnen sprechen... In letzter Zeit ist er schon zutraulicher geworden, wenn ich ihm im Treppenhaus oder auf der Straße begegne...«

»Sie haben ihm eine Cowboypistole und eine Schachtel Farbstifte geschenkt... Und Sie waren es doch auch, der ihm das Eis gekauft hat?...«

»Er verabscheut mich schon weniger...«

»Was haben Sie denn mit ihm vor?«

»Langsam aber sicher wird er verstehen...«

»Was wird er verstehen?«

»Daß ich nicht sein Feind bin und daß ich auch nicht der Feind seiner Mutter gewesen bin... Daß sein Platz eines Tages hier sein wird... Keine Angst, nicht sofort... Ich lasse ihn Ihnen noch eine Weile...«

»Was erzählen Sie da?«

»Daß ich die Absicht habe, ihn zu adoptieren. Ich habe schon mit Inspektor Gordes darüber gesprochen...«

»Und der findet das richtig?«

»Er war überrascht, aber dann hat er mich verstanden und wird mir auch bei den Formalitäten helfen.«

Sie traute ihren Ohren nicht, ihr Atem ging rascher.

»So wollen Sie also nach der Mutter...«

Sie sah auf die Wände ringsum, als wären sie Gefängnismauern, ja als wäre die ganze Wohnung eine Art Menschenfalle.

»Aber was haben Sie bloß mit ihm vor?« rief sie dann plötzlich völlig entgeistert aus.

»Und Sie? Haben Sie denn vergessen, daß es außer mir niemanden gibt, der für seinen Unterhalt aufkommt?«

Sie war besiegt. Kurz darauf schleppte sie sich, unverständliche Worte murmelnd, die Treppe hinauf.

Er schloß die Tür hinter ihr. Er war allein, aber nicht für lange Zeit, und anstatt sich in seinen Sessel zu setzen, ging er an einen der Zeichentische, um an seinem unvollendeten Alphabet zu arbeiten, das man eines Tages Jeantet-Schrift nennen würde.

In einer kleinen Wohnung des Ternes-Viertels räumte Madame Sauvegrain, eine rundliche Blondine mit Grübchen, Sommerkleider in einen Wandschrank, die bis zum nächsten Jahr nicht mehr gebraucht wurden. Einige kamen aus der Wäscherei, andere aus der Reinigung, und sie sah nach, ob irgendwo Knöpfe fehlten und faßte automatisch in die Taschen.

Auf diese Weise zog sie aus einer hellen Hose, die ihr Mann schon seit mehreren Wochen nicht mehr getragen hatte, etwas heraus, was wohl ehemals ein Briefumschlag gewesen war. Er war jetzt nur noch eine gelbliche kartonartige Masse, auf der man noch so etwas wie eine Handschrift ahnen und ein paar Druckbuchstaben entziffern konnte, die der Behandlung im Waschzuber widerstanden hatten: H TEL G DE A

Sie dachte sofort an das ›Hôtel Gardenia‹, denn als ihr Mann nach einer Untersuchung in diesem Hotel, wo eine Frau gestorben war, zum Mittagessen nach Hause gekommen war, hatte sie zu ihm gesagt:

»Zieh dich lieber um, bevor du dich zu Tisch setzt ... Deine Kleider stinken nach Leiche ...«

Die Hose hatte braune Flecken gehabt, und sie konnte sich noch erinnern, daß sie ihren Mann unter die Dusche geschickt hatte, während sie ihm frische Wäsche und Kleider heraussuchte.

Jetzt überlegte sie, ob sie ihm etwas von ihrem Fund erzählen sollte. Aber dann entschied sie, daß er sich ohnehin wegen seines Dienstes zu viele Sorgen machte.

Auf diese Weise erfuhr Inspektor Sauvegrain, der an alles, nur nicht an diese Hose gedacht hatte, nie, was aus dem Brief geworden war. Jeantet hingegen erfuhr nicht, daß er recht gehabt und daß Jeanne sehr wohl geschrieben hatte, und daß er wahrscheinlich nur diesen Brief hätte lesen müssen, um zu verstehen.

Aber hätte er ihn wirklich noch gebraucht?

Noland (Vaud), 15. Juli 1959

Das Gesamtwerk von Georges Simenon erscheint im Diogenes Verlag

»Da lesen ihn Hausfrauen und die experimentellen Lyriker; es lesen ihn die Stenotypistinnen und die Mythenforscher, die Automechaniker und die Atomphysiker... ja, ich kenne Texteverfasser von höchster Esoterik, die, wenn sie einmal ein Buch lesen wollen, ein richtiges Buch, Simenon lesen und nichts als Simenon, jede Zeile von ihm...« *Alfred Andersch*

»Er ist der beste Krimi-Autor unserer Tage. Er hat etwas von Edgar Allan Poe.« *Dashiell Hammett*

»Simenon erinnert mich an Čechov.«
William Faulkner

»Ich lese jeden neuen Roman von Simenon.«
Walter Benjamin

Verlangen Sie unseren ausführlichen Katalog bei Ihrem Buchhändler.

Stanley G. Eskin
Simenon
Eine Biographie

Aus dem Amerikanischen
von Michael Mosblech

Stanley G. Eskins Biographie stützt sich auf Gespräche mit Simenon, mit Verwandten, Freunden, Verlegern des Autors sowie auf das riesige, erst bruchstückhaft erschlossene Material des Simenon-Archivs in Lüttich.

»Eskin erzählt so anschaulich, als habe er von dem Gegenstand seiner Studien die einfache, farbige, spannende Erzählweise gelernt.«
Frankfurter Allgemeine Zeitung

»Mit dem Index, den zahlreichen Anmerkungen, der vollständigen Bibliographie der Werke und der Verfilmungen wird dieser Band sicher die große umfassende Biographie des Schriftstellers werden. Eskin hält auch mit persönlichen Urteilen nicht zurück; sein Buch verdient daher Aufmerksamkeit und Hochachtung.«
Die Welt, Bonn

»Ich konnte nie glauben, daß Simenon wirklich existiert. Seine ungeheure Produktion, mein immer neues Staunen über die Vollkommenheit seiner Erzählungen, die psychologische Genauigkeit seiner unendlich vielen Figuren, die Eindrücklichkeit der Landschaftsbeschreibungen vermittelten mir stets das Bild eines hinreißenden Schriftstellers, das aber so ungreifbar und unbestimmt blieb wie etwa das Bild des Frühlings, des Meeres, das Bild von Weihnachten – Bilder, die man mit Vergnügen und unbewußtem Wohlbehagen in sich aufnimmt und erlebt, ohne daß sie imstande wären, die Begriffe in ihrer Dinghaftigkeit und Identität vollständig zu verkörpern.« *Federico Fellini*

»Mit Sicherheit das umfassendste Werk, das je über mich geschrieben wurde.« *Georges Simenon*